La collection « Ado » est dirigée par
Claude Bolduc, Michel Lavoie et Benoît Tolszczuk

D0837567

L'espion du 307

L'auteure

Louise-Michelle Sauriol a exercé son métier d'orthophoniste durant de nombreuses années en milieu scolaire. Elle adore les voyages, les intrigues, et se passionne pour la recherche sur le langage. Entre New York et Paris, elle a concocté ce suspense pour jeunes lecteurs.

De la même auteure :

Un samedi en Amazonie, Québec, Loup de Gouttière, 2001.

Dragon noir et fleurs de vie, Hull, Vents d'Ouest, « Ado », 2001.

Le Couteau magique, Saint-Damien, Soleil de minuit, 2000.

Une araignée au plafond, Montréal, Pierre Tisseyre, 2000.

Mystère et gouttes de pluie, Québec, Loup de gouttière, 2000.

Tempête d'étoile et couleurs de lune, Hull, Vents d'Ouest, « Ado », 1999.

Kaskabulles de Noël, Montréal, Pierre Tisseyre, 1998.

Le Cri du grand corbeau, Montréal, Pierre Tisseyre, 1997.

Margot et la fièvre de l'or, Saint-Boniface, éditions des Plaines, 1997.

Les Géants de la mer, Montréal, Héritage, 1997.

Au secours d'Élim!, Montréal, Héritage, 1996.

Ookpik, Montréal, Hurtubise HMH, 1993.

La Course au bout de la terre, Montréal, Héritage, 1991, 1994.

ROMAN ADO | DRAME

Louise-Michelle Sauriol
L'espion du 307

Vents d'Ouest

Données de catalogage avant publication (Canada)

Sauriol, Louise-Michelle
  L'espion du 307

  (Roman ado ; 36. Drame)

  ISBN 2-89537-030-3

  I. Titre. II. Titre: Espion du trois cent sept. III. Collection:
Roman ado ; 36. IV. Collection: Roman ado. Drame.

PS8587.A386E86 2001   jC843'.54   C2001-941032-X
PS9587.A386E86 2001
PZ23.S28Es 2001

Nous remercions le Conseil des Arts du Canada de l'aide
accordée à notre programme de publication. Nous recon-
naissons l'aide financière du gouvernement du Canada par
l'entremise du Programme d'Aide au Développement de
l'Industrie de l'Édition (PADIÉ) pour nos activités d'édition.
Nous remercions également la Société de développement des
industries culturelles ainsi que la Ville de Hull.

Dépôt légal — Bibliothèque nationale du Québec, 2001
                Bibliothèque nationale du Canada, 2001

Correction d'épreuves : Jean-Marie Brière
Infographie : Christian Quesnel

© Louise-Michelle Sauriol et Éditions Vents d'Ouest, 2001

Éditions Vents d'Ouest
185, rue Eddy
Hull (Québec) J8X 2X2
Téléphone :   (819) 770-6377
Télécopieur :   (819) 770-0559
Courriel :   ventsoue@magi.com

Diffusion Canada : PROLOGUE INC.
Téléphone :   (450) 434-0306
Télécopieur :   (450) 434-2627

À Mark

Je désire exprimer
mes plus vifs remerciements
à Stéphanie, la biologiste,
à Gabrielle, la prof de littérature,
à Pierre-Louis, l'homme de loi globe-trotter,
pour leur encouragement
et leurs commentaires.

Arrestation

ALEX DÉTAILLE de la tête aux pieds les inconnus devant lui : deux hommes d'aspect sévère, la taille imposante, le regard direct. Que veulent-ils à son père ? Dehors, le chien attaché dans la cour aboie comme un forcené. La visite ne lui plaît pas. L'animal l'annonce au voisinage entier. Le plus âgé des deux hommes reprend :

– Le professeur Jérôme Lambert, s'il te plaît. Allez ! On sait qu'il est ici.

– Oui, oui, un instant.

Quelques minutes plus tard, Jérôme Lambert, célèbre chercheur à l'Institut national de génétique d'Ottawa, se présente aux côtés de son fils.

– Vous désirez ?

– Nous avons un mandat d'arrestation contre vous, reprend la même personne en sortant de sa poche une feuille estampillée d'un sceau officiel.

– Comment osez-vous ? Je…

– Inutile de jouer à l'innocent, Lambert, coupe le deuxième. Vous savez très bien de quoi il s'agit. Espionnage. Détournement et vol de secrets d'État.

– Pardon ? C'est insensé !

– Veuillez nous suivre immédiatement. Désolé, mais il le faut. Sinon, nous serons dans l'obligation de vous passer les menottes.

La figure du chercheur se crispe de douleur et d'étonnement. Jérôme Lambert pose une main tremblante sur l'épaule de son fils.

– Je serai vite de retour, Alex. Mon avocat s'occupera de ces gens-là.

Encadré des deux hommes, le professeur Lambert s'éloigne lentement de la maison. La voiture de la Gendarmerie royale circule bientôt dans les rues de Hull en direction de la capitale.

Abasourdi, Alex demeure rivé au cadre de porte. Il roule et déroule les mèches brunes de sa tignasse frisée. Comment peut-on traiter ainsi son père ? Depuis dix ans, il dirige une équipe de savants à l'Institut national de génétique. Ses recherches font autorité, sa réputation dépasse les frontières. Ridicule !

Alex a l'impression que sa vie entière est en train de s'effriter. Catou, sa sœur aînée, lui parle à peine depuis qu'elle est tombée en amour et s'apprête à quitter la maison. Leur mère a filé à l'autre bout du pays pour un temps indéterminé. Il semble qu'entre les parents, la rupture soit fatale et imminente. Avant qu'il ait eu le temps d'avaler cette dernière pilule, voilà son père arrêté pour espionnage.

Alex comptait sur lui. Depuis les vacances, un début de complicité s'était établi entre eux. Non pas que le paternel accepte ses cheveux longs et sa guitare, ni son intention de quitter l'école. Seulement, il lui a déniché un emploi de concierge à l'Institut pour l'été. Un emploi de nuit à temps partiel avec torchons et balais. Qu'importe le boulot ! Depuis quelques semaines, Alex a l'impression de pénétrer dans le monde secret du savant.

À force de circuler dans les laboratoires, les salles de réunions, les bibliothèques scientifiques, il commence à comprendre la passion de Jérôme Lambert pour la recherche, passion qui l'éloigne si souvent de sa famille. Cet homme grisonnant, maigre et nerveux, il le voit sous un nouvel éclairage. Leur relation s'est modifiée peu à peu. Ils se sont parlé. De la pluie et du beau temps, d'abord. Ensuite, de leur goût commun pour la tarte aux framboises ! C'était un début.

Son père ne lui a jamais soufflé de détails concernant ses recherches. Tout au plus a-t-il mentionné le nom de ses collaborateurs en effleurant la fonction de chacun. Alex se doute qu'il s'agit de recherches fort pointues. Les journaux ont d'ailleurs annoncé la participation du chercheur au prochain congrès international de génétique en septembre. Quelle méprise a pu conduire à son arrestation ?

Alex vidait tranquillement une bouteille de bière d'épinette lorsqu'on a sonné à la porte. Rien ne laissait présager une telle fin d'après-midi.

– Sarbacane d'enfer ! lâche-t-il en retournant dans la cuisine. Maudite police.

Il jette un regard vers l'escalier qui mène à l'étage. Cette maison, si vivante il y a peu de temps, menace de se transformer en désert. Son père accusé d'espionnage ? Comment est-ce possible ? Il finit d'un trait sa boisson gazeuse et décide de rentrer le chien.

Ce vendredi 3 août, en quittant l'Institut en fin d'après-midi, Jérôme Lambert a effectué un détour à l'aéroport pour y conduire un collègue. Au moment de son arrestation, il venait de descendre à son bureau situé au sous-sol de la maison afin de rédiger sa communication pour le congrès.

Après quinze années de travail acharné sur les possibilités de transfert génétique au cerveau, le généticien possède enfin une solution, camouflée dans un code obscur : NPC pour « New Power Cells ». Il entrevoit redonner langage et mémoire à des personnes atteintes de troubles graves du cerveau. Des aphasiques pourront bientôt parler sans nécessiter de séances de rééducation. Des transferts de cellules synthétiques dans les cerveaux malades deviendront courants.

Partout dans le monde, des chercheurs œuvrent dans le domaine de la thérapie génique. Avec son équipe, Jérôme Lambert a poussé très loin l'expérimentation : d'abord sur des singes, et ensuite, dans le plus grand secret, sur un groupe de personnes, victimes d'accidents cérébraux. Les résultats dépassent toutes les attentes et les applications sont beaucoup plus simples que prévu. La thérapie génique du professeur Lambert tient presque du rêve. Le chercheur était sur le point de dévoiler les résultats spectaculaires de ses recherches. Et voilà que tout s'écroule.

Quelqu'un l'a-t-il trahi ? Qui pourrait avoir eu l'audace de trafiquer les résultats de ses patientes études et expérimentations ?

À bord de la voiture de la gendarmerie qui le ramène dans la capitale, l'homme de science réfléchit sur la personnalité de ses assistants, des gens avec une solide formation et une capacité de travail exceptionnelle. Meg Blanchard : collaboratrice absolument fiable, la discrétion personnifiée. Doctorat en biologie du Wisconsin. Postdoc à Boston. Un ami de longue date lui a recommandé la jeune femme, il y a déjà huit ans. Le savant a toujours apprécié sa vive intelligence et, depuis un certain temps... sa douce compagnie ne lui déplaît pas. Impossible qu'elle l'ait trahi. Phil Boutin, alors ? Inconcevable ! Fidèle technicien, père de famille exemplaire, Phil se voue totalement à la cause.

Ted Marlow, donc ? Stagiaire de l'Université McGill, étudiant au doctorat, de la graine de brillant chercheur. De fortes sommes pourraient l'avoir tenté, mais son accès aux données a été limité. Tout de même, Jérôme Lambert se reproche sa confiance : il aurait dû être plus prudent envers ce jeune. Les résultats obtenus récemment sur des animaux malades lui ont peut-être fait tourner la tête. Mais comment Ted aurait-il pu transmettre des formules et des techniques qu'il ignore en partie ? Et sans code d'accès ?

Quelle entreprise serait maintenant en leur possession ? Pourquoi l'arrête-t-on, lui, le patron de recherche ? « Une erreur », se dit-il, chassant de son esprit la scène vulgaire de son arrestation.

Lorsqu'il pénètre dans le bureau à la suite de Vic Cramer, officier de la Gendarmerie royale, le chercheur se rend compte que l'affaire est plus sérieuse qu'il ne l'avait cru.

— Je regrette, professeur Lambert, un communiqué laisse entendre que vous avez collaboré avec un laboratoire chinois de Hong Kong. On annonce déjà des essais thérapeutiques chez les humains.

— Complètement faux ! Pourquoi attacher pareille importance à des mensonges ?

— En raison d'une lettre signée de votre propre main, professeur.

— Impossible, monsieur. Vous inventez.

— Vérifiez par vous-même.

Jérôme Lambert reconnaît sans peine le papier à en-tête de l'Institut. Une fois ses lunettes en place, il découvre un cordial message annonçant la livraison immédiate de données scientifiques contre une importante somme d'argent américain. Le message est daté du 20 mars dernier.

— Je ne connais même pas le destinataire. Quelle est cette manigance ?

– Professeur, vous assistiez cette année à un congrès en Chine, n'est-ce pas ? En février, je crois ? Vous êtes aussi passé par New York, ce printemps ?

L'homme de science se rebiffe.

– Je répondrai en présence de mon avocat.

Veuillez nous excuser, mais les circonstances sont vraiment accablantes pour vous.

Tarzan

AU DOMICILE du professeur, Alex caresse son chien, un labrador, mêlé à du colley. Un géant noir aux oreilles blondes et au poil mi-long, taché de jaune. Un chien trouvé au cours d'une excursion avec les scouts, il y a trois ans. Le petit animal rôdait seul dans la forêt, la langue pendante, le poil gommé d'orties. Lorsque Alex s'est présenté à la maison avec le chiot, son père était absent. Une vraie chance ! Jérôme Lambert n'avait jamais voulu d'animaux dans la maison. Quand son père s'est enfin trouvé devant la bête fringante aux yeux vifs, il a autorisé Alex à le garder, en autant que son fils en prenne l'entière responsabilité. Ce qu'Alex a accepté sur-le-champ. Tarzan est ainsi devenu son bien le plus précieux, au même titre que sa guitare.

Depuis ce temps, ils ont subi tous les deux une poussée de croissance extrême. À seize ans, le garçon fait plus d'un mètre quatre-vingts, et son chien remporterait facilement le concours de l'animal le plus costaud du voisinage.

Alex défait pensivement la grosse corde attachée au collier du chien et la range sur un clou dans la cuisine.

— Tu aurais dû tirer plus fort sur ta corde, Tarzan. À ta place, j'aurais insisté pour mordre les cuisses des gars de la GRC. Ils n'avaient pas d'affaire à arrêter Jérôme. Maintenant, on se retrouve tout seuls.

Sa sœur Catou ne rentrera pas pour souper. Alex le sait trop bien. Employée dans une boutique de mode pour l'été, elle travaille tard le vendredi soir. Souvent, son copain va la cueillir à la fermeture. Donc, pas de Catou avant les petites heures. Tant pis ! Avant que sa sœur rencontre Tom, ils s'entendaient bien malgré leurs deux années d'écart. Maintenant, Alex se sent mis de côté. Ce *chum* de vingt et un ans entraîne Catou dans les bars et semble le considérer comme de la vermine à longs poils. Alex joue les indifférents. Au fond, il regrette amèrement l'époque où lui et Catou se chamaillaient sans merci pour des disques ou des t-shirts.

Alex pousse un soupir, se dirige vers le frigo et en extrait un paquet de jambon.

— Tarzan, faut pas se laisser abattre. Papa va bien finir par s'en tirer. Un homme honnête comme lui ne peut rester en prison. C'est une histoire de fous. Ils vont le relâcher dans une demi-heure.

Au moment où il dépose le jambon sur la table, la sonnerie du téléphone retentit. Alex s'élance. Une tranche de jambon vole dans les airs et retombe sur le plancher. Tarzan bondit.

– Laisse ! s'écrie Alex en saisissant le combiné.

Le gros chien n'insiste pas. Rien ne se passe normalement aujourd'hui. Son instinct lui commande la réserve. Il s'étend sur le côté en grugeant un os près de sa gamelle.

Au bout du fil, Meg Blanchard, l'assistante du professeur Lambert, demande à parler à ce dernier. Elle ignore tout de l'arrestation du chercheur. Alex s'empresse de la mettre au courant du drame. L'assistante de recherche lui révèle alors que des bandits ont cambriolé sa maison pendant la journée. Ils sont entrés par une fenêtre et ont tout viré à l'envers. Certains dossiers auraient disparu. Bouleversée, Meg Blanchard déclare qu'elle rappellera plus tard.

La situation s'envenime. Alex commence à paniquer. Des bandits se sont emparés de documents chez l'assistante de son père. Que signifie ce vol ? Pourquoi Jérôme ne le rappelle-t-il pas ? La GRC l'aurait-elle trouvé coupable d'un méfait quelconque ? Voyons…

Alex n'a plus faim. Il se confectionne quand même un sandwich, le mange à moitié et donne le reste au chien. Tout de suite après, il se rend dans le petit bureau attenant à la cuisine où se trouve l'ordinateur. Il tape son mot de passe pour accéder à son courriel dans l'espoir d'y trouver un message de sa mère. Géologue de métier, elle est partie en mission d'exploration au Yukon depuis déjà deux semaines. Ces jours-ci, elle devait participer à une expédition de recherche dans un coin perdu de la région. A-t-elle laissé un message avant son départ ? Rien. Silence complet de ce côté aussi. Alex lui écrit de communiquer au plus vite avec la maison. Il ferme ensuite l'ordinateur, attrape ses clés et son portefeuille. Le chien a compris : il saute sur ses pattes et l'accompagne jusqu'à la porte.

– Désolé, Tarzan, tu gardes la maison ! Je m'en vais louer un film.

Alex se dirige vers le club vidéo le plus proche : une recette qui en vaut une autre pour s'évader du présent. Le choix n'étant pas mer-veilleux, il continue à pied jusqu'au prochain club, situé à plusieurs rues de là. Il prend tout son temps afin de louer un film potable. Lorsqu'il revient au cottage familial, il est dix heures. Alex longe le parc en face de chez lui. Personne dans les allées. Le quartier est spécialement calme, les voisins ayant quitté la ville pour leur chalet. « Les chanceux ! Nous, avant qu'on aboutisse au lac, les poissons auront des jambes. »

Du trottoir opposé à la maison, il aperçoit de la lumière à l'intérieur. Alex presse le pas. Il croyait avoir tout éteint. Son père doit être revenu et le garçon s'en réjouit déjà. En mettant la clé dans la serrure, une crainte sourde l'en-vahit : la porte est déjà ouverte et un corps gît sur le plancher : le chien ! Le chien qui gémit faiblement.

— TARZAN ! ASSASSINS !

Cette fois-ci, Alex est atteint en plein cœur. Sa famille s'écroule, ses amours se sont dissoutes dans la tourmente scolaire. Lui reste l'affection sans bornes ni questionnement de Tarzan. Qui a bien pu l'attaquer ? Et pourquoi ?

Il se penche sur la bête qui respire faiblement, puis descend au galop au sous-sol. Alex veut emmener le chien au plus vite à la clinique vétérinaire. Avec une planche, peut-être arrivera-t-il à le transporter jusqu'à la voiture. « Si Catou pouvait s'en venir plus tôt ce soir », se dit-il sans trop y croire.

Rendu en bas, le motif de l'intrusion lui saute aux yeux. Les recherches de son père ! Les cambrioleurs ont mis le bureau à sac. Des papiers sont éparpillés sur le plancher, l'ordinateur a disparu. On a même tiré dans le mur. La collection d'armes à feu suspendue au-dessus du foyer lui paraît incomplète. Les bandits se sont servis : ces gens ne reculent devant rien pour se procurer de l'information.

— Sarbacane d'enfer !

Machinalement, il ramasse quelques pièces de monnaie sur le fauteuil de son père et les fourre dans la poche de sa veste. Le téléphone sur le bureau porte l'inscription du numéro d'urgence de la police. Alex hésite. Il a vu son père quitter la maison, encadré de policiers. Pourquoi ferait-il appel à eux ? D'un autre côté, déclarer ce vol pourrait aider à le blanchir. Jérôme Lambert vient d'être dévalisé. Impossible d'organiser un cambriolage à partir d'une prison ou d'un palais de justice ! Il se décide à composer le numéro. Alex prévient les policiers du vol et de l'état du chien qui nécessite une intervention immédiate. Il convient avec eux de ne pas verrouiller la porte en partant pour la clinique.

Une fois cette démarche accomplie, il saisit une planche de bonne largeur et remonte dans le vestibule. Il glisse le chien sur ce brancard de fortune, le tire dehors près de la Buick noire de son père. « Une urgence, c'est une urgence, se dit-il, les clés de la voiture à la main. » L'adolescent n'a qu'un permis d'apprenti-conducteur, mais la clinique est proche. Avec d'infinies précautions, il arrive à hisser le chien sur la banquette arrière de la voiture. Il s'installe ensuite au volant et démarre. Torturé d'angoisse, Alex enfonce l'accélérateur. Sous la poussée des roues, le gravier de l'entrée de garage vole dans les airs.

— Pauvre Tarzan ! Service d'ambulance éclair. Je te promets les meilleurs soins du monde. Je te jure qu'on va te sauver.

Deux rues plus loin, la Buick roule enfin dans le stationnement de la clinique *Moustaches et belles gueules*, ouverte en permanence. Alex immobilise le véhicule et se précipite chercher du secours.

En cellule

PENDANT CE TEMPS, Jérôme Lambert rencontre son avocat dans la cellule qu'on lui a assignée. La GRC le garde à l'ombre durant la nuit en attendant sa comparution devant le juge d'instruction. Ébranlé par cette décision, le professeur rapporte fébrilement les derniers événements à l'homme de loi. Surtout, il lui réitère son innocence. Jean-Philippe Demers, criminaliste réputé, fronce les sourcils en prenant des notes. Il s'enquiert du personnel de son laboratoire de recherche.

Le chercheur brosse un portrait détaillé de ses assistants. Ensuite, il fait part à l'avocat de son opinion sur le congrès en Chine. Il ne voit aucune relation possible entre son voyage et cette monstrueuse escroquerie. D'ailleurs, à ce congrès, il n'a fait état que de recherches préliminaires.

— Professeur, correspondez-vous régulièrement avec un ou des savants chinois ? demande maître Demers.

– Quelques fois par année et avec une seule personne. Quand je suis allé en Chine, j'ai signé des chèques de voyage et autres effets, mais je n'ai rien écrit d'importance ni en longueur ni en contenu. On n'a pu prélever d'échantillons significatifs de mon écriture.

– Un expert d'un réseau d'espionnage a dû s'en occuper à Ottawa même. Il appartient à la GRC de mettre la main sur cet artiste en calligraphie hors du commun. Il semble qu'un graphologue a confirmé l'authenticité de la signature du document. Revenons au problème principal. Ce savant chinois avec qui vous correspondez, poursuit-il des recherches similaires ?

– Aucunement. Ses recherches ne portent pas sur les mêmes objets, et aucune application immédiate n'est prévue à ses travaux.

– Bien. Maintenant, la précieuse information concernant vos recherches personnelles était sans doute consignée dans un système informatique. Ce système, selon vous, pouvait-il être vulnérable ? Un expert en informatique aurait-il pu se l'approprier ?

– Les réseaux sont protégés au maximum. J'ai un code d'accès ultrasecret, comme tous les chercheurs de l'Institut. Personne ne peut y accéder, j'en suis convaincu. En plus, j'ai déposé l'information la plus précieuse dans un coffre-fort secret à la maison. Jamais elle n'a été intégrée aux fichiers des réseaux de l'Institut.

– Selon vous, le laboratoire chinois, malgré la fuite, ne posséderait qu'une partie des renseignements ?

— Exact. Bien que les Chinois puissent procéder à des essais thérapeutiques, je ne crois pas que leurs techniques soient efficaces sur les humains.

— Quelqu'un est au courant de l'existence du coffre-fort?

— Non, c'est à dire les membres de ma famille le sont. Ils croient que j'y conserve uniquement mes papiers personnels.

— La famille, c'est combien de personnes?

— Écoutez, vous ne pensez tout de même pas...

— Je ne pense rien du tout, mais je dois en connaître le plus possible pour vous défendre.

— Nous sommes quatre, ma femme, mon garçon, ma fille et moi.

— Excusez-moi, votre épouse est-elle à la maison? Aujourd'hui, par exemple, quel a été son emploi du temps, selon vous?

— Lucie se trouve au Yukon depuis quelques semaines. Elle poursuit des recherches en géologie. Ces jours-ci, je crois qu'elle dirige une mission d'exploration. Pour tout dire, rien ne va plus entre nous. Nous devons nous séparer prochainement. Mais c'est une personne honnête qui a toujours respecté mon travail.

— Très bien. Vos enfants, maintenant. Décrivez-les un peu. Que font-ils cet été?

La situation paraît de plus en plus intenable au généticien. Scandaleuse pour sa famille, cette arrestation. Il s'inquiète surtout pour Catou, étudiante en sciences au cégep, pour qui il entrevoit une carrière de prestige. Sa motivation a baissé ce printemps, mais il compte l'aider à s'orienter. Vivement, qu'on le libère !

Ému en songeant à ses enfants, le chercheur s'efforce de rapporter à son avocat leurs goûts, leurs occupations. Il décrit l'emploi d'Alex à l'Institut, celui de Catou dans une boutique de mode.

— Mes enfants honorent leur époque, conclut-il ; des jeunes modernes, mais pas du genre écervelé. Jamais ils n'auraient pu être tentés de se mêler à une affaire aussi louche et aussi complexe. Vous vous rendez compte, déjouer des systèmes de sécurité de pointe ! D'autre part, les annonces de thérapie du laboratoire chinois sont prématurées. Sans information complémentaire, les Chinois ne pourront rien entreprendre. Ces prétentions sont farfelues au plus haut point. Je m'attends à être libéré.

— Je l'espère aussi. À propos de votre coffre-fort, quelqu'un en connaissait-il l'emplacement ?

— Où voulez-vous en venir avec mon coffre-fort ?

Maître Demers hoche la tête. Il regrette d'infliger un nouveau coup à son client. Pourtant, le chercheur doit être mis au courant de la situation exacte.

— Je suis navré, professeur. Votre coffre-fort a été éventré ce soir. Des spécialistes ont pénétré chez vous et ont réussi à l'ouvrir. Il n'y a plus rien à l'intérieur ! De plus, votre assistante de recherche a été cambriolée.

Jérôme Lambert sursaute. L'impensable vient de se produire : sa carrière détruite en plus de sa réputation. Comment cela se peut-il ? Le savant extrait un mouchoir de sa poche et s'essuie le front.

– Je ne comprends pas, murmure-t-il. L'emplacement du coffre-fort est des plus discrets. Mon assistante de recherche cambriolée, vous dites ?

– Hélas. Écoutez, récapitulons simplement votre emploi du temps aujourd'hui. Vous me parlerez aussi de votre récent voyage à New York.

Tornade

À LA CLINIQUE, des préposés viennent aider Alex à transporter le chien. On l'emmène d'urgence dans une salle de traitement. Un vétérinaire s'affaire auprès de lui. Le garçon compte les minutes. Est-il trop tard ? Que lui ont administré ces bandits ?

— Ton chien a été empoisonné, déclare le vétérinaire au bout d'une demi-heure. Il se porte très mal. On doit procéder à des analyses. Tu peux retourner chez toi, on te téléphonera dès que les nouvelles deviendront meilleures.

Alex tourne les talons, les yeux dans l'eau. Il déteste le vétérinaire, le monde entier. Une préposée le rattrape pour lui demander ses coordonnées. Il continue de marcher vers la porte.

— Écoute, ton chien lutte fort contre le poison. Je pense qu'il a des chances de s'en sortir. Tu ne dois pas te décourager.

– Tu crois?

– Convaincue!

Alex regarde un instant la fille, une petite brune avec des mèches orangées dans les cheveux. Le ton de sa voix est sincère, elle ne peut vouloir le tromper. Sa compétence en matière d'intoxication, c'est une tout autre affaire. Cependant, Alex décide de lui livrer les renseignements demandés. Elle relève la tête dans un sourire.

– À plus tard!

Le garçon hausse les épaules et regagne au pas de course la Buick stationnée dans la cour. En arrivant à la maison, il remarque deux voitures, une de la police et une autre de modèle sport, couleur sable. Alex se précipite hors de la Buick.

Une femme blonde vêtue d'un tailleur marine vient à sa rencontre. D'énormes lunettes rondes camouflent la moitié de sa figure. Grande et forte d'épaules, elle marche avec vivacité.

– Alex? demande-t-elle en l'interpellant. Je suis l'agente Kim Vollant de la Gendarmerie royale. Les policiers nous ont informés de l'incident. Ils terminent l'inspection des lieux. Les voleurs ont mis à jour un coffre-fort dissimulé dans le mur. Es-tu au courant de ce qui s'y trouvait?

– Pas une miette. J'en avais même oublié l'existence. Mon père est un homme secret. Le coffre-fort lui appartient.

– Est-ce qu'il savait que tu devais t'absenter dans la veillée?

— Comment voulez-vous ? J'ai décidé d'aller au club vidéo longtemps après son départ. Vous êtes au courant de…

— De son arrestation ? Oui, et ce vol vient compliquer les choses.

— Pourquoi donc ?

— Je ne peux t'en dire davantage maintenant. Ces gens-là ont pénétré dans la maison avec une intention précise. Si tu découvres le moindre indice, fais-moi signe ! Voici ma carte.

— Entendu !

Sitôt entré à l'intérieur, Alex descend au sous-sol rejoindre les policiers en train de compléter le dossier.

— Vous avez trouvé des traces des bandits ? leur demande Alex. Mon père s'est fait jouer un sale tour. Ils ont volé l'ordinateur. Même un vieux fusil de chasse de mon grand-père a disparu !

— Savais-tu qu'un de ces fusils anciens était chargé ? demande l'un d'eux.

— Les fusils décorent le mur depuis que je suis petit. C'était l'orgueil de mon grand-père, un amateur de chasse. On ne se posait jamais de questions là-dessus.

— Tu connaissais l'emplacement du coffre-fort ? demande le deuxième.

— Je l'avais oublié ; mon père n'en parlait jamais. C'est un chercheur. Il supporte mal d'être interrogé et c'était sans intérêt pour moi. Ces gens-là ont dû le découvrir par hasard, en s'amusant avec un fusil.

– On étudiera la question. Je crois qu'il s'agit de spécialistes. Les coffres-forts ne sautent pas facilement. Quelqu'un d'autre habite ici ?

– Ma sœur, Catou. Elle travaille dans une boutique de mode. Le vendredi soir, elle finit tard.

– Très bien. Sais-tu où se trouvent les voisins ?

– À leur chalet. Ils sont partis ce matin.

– Merci, on a terminé, reprend le premier policier. Au fait, comment va ton chien ?

– Pas merveilleux. Ils l'ont empoisonné.

– C'est bien ce qu'on pensait. Courage et bonne fin de veillée.

Alex remonte l'escalier à la suite des policiers. L'agente de la GRC jette un dernier coup d'œil dans le salon et la cuisine, puis revient vers lui.

– J'ai constaté que tu as bon goût en matière de films. Pense à moi en regardant *Twister* !

Lorsque les policiers quittent la maison, Alex pousse un soupir. Ils lui ont fichu la trouille à cause de son permis de conduire limité. S'il avait fallu que l'agente de la GRC se mette à le cuisiner. Elle n'a commenté que son choix de vidéo. « Une renarde, celle-là, se dit le garçon, plus sympathique que la paire de bœufs qui a arrêté Jérôme. »

La sonnerie du téléphone le remet en état d'alerte. Des nouvelles de Tarzan ?

L'appel ne provient pas de la clinique. Il s'agit d'un interurbain. Au bout du fil, la voix de Catou sonne joyeusement. Alex ne la ménage pas.

– Écoute, le père est en prison et le chien empoisonné ! Tu fais mieux de te montrer, Cat.

– Hein ? Tu veux rire de moi ?

Alex rapporte à sa sœur l'arrestation brutale de Jérôme Lambert, le cambriolage du sous-sol et l'attaque au poison contre le chien.

– Les maudits lui ont flanqué de la drogue dans le système pour le tenir tranquille.

– Pauvre chien ! Pauvre Jérôme, surtout. Complètement craqué ce que tu racontes.

– Pourtant, c'est la vérité. Tu t'en viens ?

– Pas tout de suite. Tom s'est lancé dans la recherche d'emploi. C'est presque dans le sac, d'ailleurs. Je te rappelle plus tard. On est déjà loin.

– Où donc ?

– Secret d'État. Je ne peux pas faire autrement. Ciao !

– Mon œil ! s'exclame Alex. Arrive donc.

Catou a déjà raccroché. Furieux, il remet avec fracas le combiné en place. « Qu'est-ce qu'il lui prend, celle-là, de rester avec son Tom alors que tout vire mal dans la famille ? » Ébéniste de métier, Tom travaille pour une compagnie de rénovations à Ottawa. Une compagnie bien cotée, *Les Rénovations royales*. « Monsieur n'est pas satisfait ? » se demande encore Alex. « Et pourquoi ma sœur tient-elle tant à l'accompagner ? »

– L'amour, l'amour, marmonne le garçon ; dans mon cas, tout s'éteint avant de commencer.

Il remarque le voyant du répondeur qui clignote. Son père aurait-il laissé un message pendant qu'il transportait le chien à la clinique ? Alex pousse le bouton d'écoute : Jérôme Lambert annonce qu'il ne rentrera pas. Il demande à son fils et à sa fille de conserver les journaux. Il aimerait y repérer un article à propos d'un laboratoire chinois. Ces gens ont doublé ses propres recherches. Quelqu'un aurait fourni de l'information, imité sa signature. Le savant paraît confondu par les événements et assure ses enfants de son innocence.

Alex écoute le message une deuxième fois. « Un lab chinois, sarbacane d'enfer ! Il ne manquait plus que ça. » Il aurait envie de courir tout de suite à l'Institut, d'inspecter le labo de son père au troisième étage, porte 307. Les systèmes de sécurité l'en empêcheraient. Il n'est pas attendu ce soir au travail et le logiciel de sécurité le sait : sa carte d'accès révèle non seulement son portrait et son identité, mais aussi les heures où il doit pénétrer dans l'immeuble. Frustré, Alex s'installe au salon et enfonce la cassette de *Twister* dans le magnétoscope, en même temps qu'une tornade intérieure le secoue.

Dans la journée du lendemain, l'adolescent se défoule sur sa guitare. Il joue sans arrêt. Une bouillante improvisation pour tenter d'oublier ce vendredi soir de malheur. Peine perdue. Le sentiment profond que tout va de plus en plus mal le ronge. Le chien se remet très lentement. On ne lui a téléphoné qu'au petit matin pour le rassurer. Toute la nuit, le personnel de la clinique a mené une dure lutte contre le poison. On lui déconseille la visite. D'autre part, les nouvelles de son père ne sont guère encourageantes : Jérôme Lambert ignore quand il sera relâché. L'homme de science paraît anéanti. Enfin, Catou ne donne aucun signe de vie, ni même sa mère au Yukon. Alex se sent abandonné de tous et frémit d'impatience en attendant de retourner à l'Institut.

En fin d'après-midi, un coup de sonnette le fait bondir : Kim Vollant, de la GRC, se présente pour effectuer une nouvelle inspection du bureau du professeur. Elle lui demande ensuite s'il est passionné d'informatique. Pour toute réponse, Alex se contente de lui pointer sa guitare. Dès que l'agente s'efface des lieux, Alex reprend son instrument, plus exaspéré que jamais.

Plus tard dans la veillée, il saute à bord du bus vers Ottawa et se rend finalement à l'Institut national de génétique, rue Carling. Il donnerait cher pour découvrir quelque indice. Jamais il n'acceptera la culpabilité de Jérôme Lambert. Quelqu'un en veut à son père, quelqu'un qui a machiné un coup dans son dos, et ce juge de malheur a interprété les événements de travers.

Sa carte d'accès enfoncée, Alex se rend directement au local d'entretien. Il s'empare de son chariot déjà garni d'instruments et de produits divers. Comme il se précipite à larges enjambées vers son aire de travail, un autre employé lui crie :

– T'envole pas avec tes torchons ! Le professeur Grignon s'est plaint de l'état de ses cages à souris blanches.

– Qu'il se ferme la trappe ! Je m'en occupe, de ses souris.

D'ordinaire, Alex attaque au plus vite son programme de dépoussiérage et de désinfection.

Il arrive ainsi à se ménager une pause intéressante au milieu de la nuit. Ce soir, une tout autre idée lui trotte dans la tête. Il veut consacrer du temps aux classeurs, aux singes et aux placards. Alex déplace rapidement son chariot jusqu'à l'aile où se trouve le laboratoire du professeur Jérôme Lambert et pousse le bouton d'appel de l'ascenseur. Au troisième étage, en sortant de la cage d'ascenseur, il croise un gars roux aux cheveux rebelles, un sac sur l'épaule : le stagiaire du prof.

– Salut, Ted. Encore au boulot ?

– Allô, toi ! J'ai appris la mauvaise nouvelle. Dis à ton père que je ne crois pas un mot des rumeurs. J'ai hâte qu'il revienne avec nous.

– Merci.

Le jeune homme s'engouffre à son tour dans l'ascenseur qui redescend au rez-de-chaussée. Que faisait-il là ? Poursuivait-il ses travaux ou bien… Ted, l'espion de son père ? Comment savoir…

Alex reste un instant planté devant le laboratoire de recherche. Les mains moites, il introduit sa carte dans la fente du 307 et entre. Tout est propre et bien rangé sur les deux bureaux de la pièce d'accueil. Les ordinateurs sont en place.

Alex serre les dents à la pensée qu'un utilisateur de ces machines a peut-être trahi son père. « Mais il faut le code… Jérôme n'est pas du genre à livrer ses secrets personnels. À preuve, le coffre-fort à la maison. Nous, de la famille, on ne savait à peu près rien de son existence. »

Le garçon poursuit son inspection en tâtant les tiroirs des bureaux et des classeurs. Dans un tiroir du pupitre de la secrétaire, une feuille pliée en deux attire son attention. Il parcourt la liste de noms : rien d'important, aucun renseignement là-dessus. Tous les autres documents se trouvent sous clé, comme il se doit. Sur un des classeurs, la photo de l'équipe de recherche de son père est renversée. « Mauvais signe ! » se dit Alex. Il attrape le petit encadrement et le fourre dans sa poche de jean. Sans enthousiasme, il promène ensuite sa vadrouille humide sur le plancher du laboratoire.

Une fois le ménage terminé, Alex pénètre dans l'animalerie où les singes sont gardés à température contrôlée.

– Avez-vous aperçu quelque chose d'anormal, vous autres ? Espèces de clowns sans cœur ! Votre maître est en prison. Lâchez-les donc, les vraies crottes, la merde de complot qui fout Jérôme dans le trouble.

Les bêtes répliquent en imitant ses gestes et sa colère. Quelques-unes grimpent après les barreaux de leur cage avec curiosité. Alex ne les trouve pas drôles. Il s'assoit sur un tabouret en se frottant la tête. Un singe adopte exactement la même posture que lui. Vexé, le garçon se demande à quelle recherche précise les singes ont pu servir. Son père lui a seulement mentionné que ses vieux singes se comportaient comme des champions. Des champions imitateurs ? Avaient-ils été guéris de quelque maladie ?

« Catou doit en savoir plus long. Jérôme lui fait confiance parce qu'elle se destine à la science. Moi, je suis classé au rang des bornés. Sa sortie avec Tom tombe mal. Elle devait rappeler et m'a oublié. Pendant ce temps, l'agent des Chinois opère en liberté. Qui pourrait-il être ? Ted ? Un autre Chinois ? Est-ce qu'il y en a à l'Institut ? » Alex l'ignore. Beaucoup d'employés sont d'origine étrangère. « C'est normal, dans un Institut de recherche réputé », se dit-il encore. « Ces gens sont occupés à leurs propres travaux et n'ont pas le temps de s'intéresser aux recherches des autres. Pourquoi en voudraient-ils à Jérôme ? »

Alex se relève en bougonnant et retourne dans le laboratoire. Il ouvre des portes au hasard, examine la marchandise, les instruments. Il ne voit rien qui puisse le mettre sur une piste valable. Dans un placard, un tableau posé par terre attire son attention. Il s'agit d'une aquarelle représentant un chat au milieu d'un jardin de fleurs. Le sarrau suspendu au crochet du placard porte l'insigne de Meg Blanchard. Une artiste, l'assistante de son père ? Il l'ignorait. La signature au bas de l'œuvre le confirme. Ce tableau lui rappelle quelque chose. Quoi donc ? Il lui semble l'avoir déjà vu. « Peut-être décorait-il le mur du labo la semaine dernière », se dit-il. Il continue de fureter un peu partout, sans résultat.

Découragé, Alex se résigne à changer le dessous des cages des singes dans l'animalerie.

— Du calme, vous autres. On n'est pas au cirque !

Il jette un coup d'œil à sa montre : deux heures du matin ! « Je fais mieux de m'en aller tout de suite chez le prof grincheux, sinon... »

Vers sept heures trente, il rentre à Hull. Rien ne bouge à l'étage. Catou n'est toujours pas revenue. Il dépose maladroitement sa veste sur une chaise dans la cuisine. Le vêtement glisse par terre, entraînant sur le plancher quelques sous et un jeton beige. Déçu et fatigué de sa nuit de travail, Alex laisse le tout derrière lui et monte se coucher.

New York, New York!

C E MÊME DIMANCHE MATIN, dans une chambre d'hôtel de Manhattan, Catou tourne en rond. Tom sommeille et, la veille, il lui a interdit de toucher au téléphone. Elle ne comprend pas pourquoi. Du dix-huitième étage de l'immeuble, la ville lui semble toute grise. Pourtant, le ciel est bleu. Les rayons de soleil, bloqués par les gratte-ciel, n'atteignent pas le pavé. Le quartier de la haute finance baigne dans l'ombre. La jeune fille s'inquiète pour son père et voudrait bien lui parler. Jérôme Lambert doit déjà avoir été remis en liberté, mais elle tient à le vérifier.

Catou porte une admiration profonde à son père. Il lui a souvent parlé de ses travaux, des travaux importants qui risquent de bouleverser le monde de la génétique. Elle est fascinée par ce qu'il lui a raconté. Dans les laboratoires scientifiques, la course à l'inventaire complet du génome humain est pratiquement terminée. Les

43

savants de tous les pays travaillent en concertation à définir l'espèce humaine jusque dans ses plus petites unités. Établir le décompte de tous les gènes et, surtout, mieux comprendre l'intégration de leurs fonctions représentent une conquête aussi importante que celle de l'espace ! Catou sait que les travaux de l'équipe de son père ont permis d'identifier des fonctions subtiles de gènes particuliers et de développer une thérapie génique spectaculaire au niveau du cerveau. Elle connaît l'honnêteté de Jérôme Lambert. Jamais il ne s'acoquinerait avec des bandits, même pour tout l'or du monde. La police aurait dû chercher ailleurs. Cette arrestation est une méprise d'un mauvais goût extrême. Catou se sent blessée.

Vendredi soir, l'offre d'un week-end à New York l'a complètement emballée. Un départ en avion semi-privé au milieu de marchandises, ce n'était pas banal. « Mon futur employeur est puissant », a dit Tom. Avec lui, rien n'est jamais ordinaire. Parlant plusieurs langues, amateur d'art et de musique, son copain l'épate bien plus que les gars à diplômes. D'origine péruvienne par sa mère, il a des yeux noirs très brillants et une tête de conquérant hispanique qui la font chavirer. Elle le suivrait au bout du monde. S'il croit trouver de l'emploi à New York, elle s'en réjouit. Il pourra laisser tomber les rénovations et se lancer dans une carrière en commerce.

Cependant, à leur arrivée à l'hôtel, Catou s'est étonnée du luxe de l'endroit choisi et de l'attitude de Tom. Il riait comme un enfant qui manipule un jouet extraordinaire.

– Magnifique, hein ? Bientôt, on va pouvoir s'offrir toutes les folies.

– Mon « Einstein » à moi toute seule ! Enfin, on va te découvrir. Tu dois avoir un super emploi en vue pour te payer tout ça.

– Je t'aime, Catou ! Tellement, tellement.

Elle l'a embrassé sans poser davantage de questions. Une nuit d'amour à New York ! Un rêve fou devenu réalité. En toute quiétude, elle s'est abandonnée dans les bras de Tom.

Durant la journée de samedi, grisée par la découverte de New York, ses avenues prestigieuses, ses musées, Catou a pratiquement oublié Hull et sa famille.

– New York me fascine, Tommie, lui disait-elle ; je viendrai te visiter toutes les fins de semaine quand tu travailleras ici.

Côté emploi, Tom paraissait beaucoup moins sûr de lui. À plusieurs reprises durant la journée, il a tenté de joindre son futur employeur. En fin de compte, il a annoncé à Catou qu'il aurait un entretien dimanche après-midi.

– Un dimanche ! s'est-elle exclamée.

– À New York, la vie est différente. On peut signer un contrat tous les jours de la semaine, dimanche inclus.

Différente, cette vie newyorkaise, Catou l'a constaté à chaque coin de rue : odeurs de friture, vendeurs de pacotille, foule de toutes les couleurs dans Central Park, magasins prestigieux ou exotiques. Différente aussi, la chaleur humide de la méga *city*. Une chaleur suffocante qui donnait envie de boire continuellement. Le dépaysement total. Une plongée dans un univers lourd et fabuleux.

En ce dimanche, Catou revient au cœur de ses préoccupations familiales. Elle doit communiquer avec Alex, sinon avec son père. Elle n'en peut plus d'attendre que Tom se réveille. « D'ailleurs, se dit-elle, quand on s'offre une chambre pareille, on peut se permettre d'utiliser le téléphone. » Elle quitte la fenêtre et saisit le combiné sur la table de chevet. Ses doigts ont à peine effleuré un bouton que Tom l'arrête d'une main ferme.

— NON ! Pas ça.

— Voyons, je vais payer le compte, si ça t'embête.

— Laisse tomber, Cat. J'ai oublié mon cellulaire, on ira dans une cabine dehors. Il y en a partout.

— Tommie, comprends donc ! C'est urgent que je téléphone chez nous. J'aurais dû y penser hier. Mon père a été arrêté, des bandits ont dévalisé son bureau...

— D'accord, d'accord. Je m'habille et on sort tout de suite.

Interloquée, la jeune fille ne s'acharne pas à discuter. Quinze minutes de plus ou de moins ne vont pas modifier la situation, et ils doivent rentrer ce soir à Ottawa. Une fois sortis de l'hôtel, ils se dirigent vers la rue Liberty qui donne accès au gigantesque complexe du World Trade Center. La veille, au soleil couchant, Catou et Tom se sont offert la vue de New York à partir du 107ᵉ étage. D'en haut, les immeubles se découpaient sur un fond de rivières roses et de ponts garnis d'ampoules de Noël. Un spectacle hallucinant.

À présent, Catou n'a d'yeux que pour les téléphones publics. Elle enfonce sa carte dans le premier appareil disponible. Personne. Le répondeur livre son message et elle n'a d'autre choix que d'annoncer qu'elle rappellera plus tard.

— Mon père aurait dû répondre. Je me demande s'il est là. Alex travaillait peut-être la nuit passée, mais Jérôme se lève toujours à huit heures. Tommie, dis-moi que c'est juste un cauchemar, l'arrestation de mon père.

La jeune fille se réfugie dans les bras de son copain qui l'embrasse passionnément.

— Tu t'en fais pour rien, mon amour. Crois-moi. Viens, on va déjeuner.

Tom et Catou prennent la direction nord, tournent à gauche dans une rue commerciale et finissent par trouver un restaurant à leur goût sur la rue Fulton.

— Tu vas manger tranquillement, Cat. Après, tu seras certaine d'attraper quelqu'un chez tes parents. C'est dimanche, ils doivent faire la grasse matinée.

— Et ton entretien? Tu ne m'as toujours pas dit où tu dois te rendre.

— Je t'expliquerai après. Survivance d'abord.

Déçue du peu d'empressement de son copain à la renseigner, Catou le suit à l'intérieur du resto en traînant les pieds. Un individu grillait une cigarette sur le trottoir, un peu plus loin; en les apercevant, il pénètre discrètement dans le restaurant et s'installe non loin d'eux.

Muffin sec

ALEX A RATÉ l'appel de Catou. Trois minutes plus tard, il se contente d'écouter son bref message. Les derniers événements se mettent à lui bombarder la cervelle. On accuse son père de trafiquer de l'information, mais quelqu'un est venu voler son ordi personnel ! Est-ce qu'on suppose aussi qu'il a organisé ce vol et celui chez son assistante ? Évidemment, ce pourrait être possible : une passe pour détourner les soupçons. Un véritable espion pourrait orchestrer un scénario semblable. Pas un homme de la trempe de Jérôme Lambert ! « Est-ce que la GRC pense vraiment ça ? »

Et Tarzan ? Que devient-il ? Un bref coup de téléphone au vétérinaire le rassure. Le chien prend lentement du mieux et semble hors de danger. Alex promet à la préposée de passer à la clinique dans la journée.

Le journal de la veille, oublié sur la table, attire son regard. Un finaud de journaliste a déjà monté un dossier spectaculaire sur le cas d'espionnage à l'Institut national de recherche en génétique. On y voit même une photo du professeur en Chine et une reproduction de l'annonce publiée par le laboratoire chinois de la compagnie *Ying Labs*. Aucune mention n'est faite du cambriolage. Alex est renversé. Comment cette personne s'est-elle procuré tant de renseignements aussi vite ? Le scandale a déjà éclaté dans les journaux. Profondément peiné pour son père, Alex repousse le journal de la main.

Une nouvelle sonnerie de téléphone le tire de ses pensées sombres. Cette fois, il reçoit l'appel de Catou au bon moment. Il lui fait le résumé des derniers événements. Des bruits de voitures couvrent la voix de sa sœur par instants.

— Où es-tu perchée, Cat ?

— Laisse tomber. Je saute dans un avion et j'arrive. Compte sur moi. Ciao !

Encore une fois, Catou a coupé la communication. Alex tempère son impatience : sa sœur s'en vient sans plus tarder. À deux, ils pourront mieux réfléchir à toute cette affaire. Pour diluer ses émotions, Alex se verse un grand verre de jus d'orange. À peine a-t-il avalé une gorgée du liquide qu'il aperçoit sous la table les pièces tombées la veille de sa poche de veste. Un gros jeton beige l'intrigue. « Drôle de bidule. D'où vient-il, celui-là ? » Alex n'en a jamais vu de semblable. En le regardant de près, une inscription le fait sursauter : « Casino de Hull ».

— Oh !

Alex se souvient : ces pièces de monnaie et le gros jeton, il les a cueillis en bas, dans le bureau de son père, tout de suite après le cambriolage ! Sur le moment, il n'a pas remarqué le jeton, car il devait secourir Tarzan. D'autre part, son père a toujours eu l'habitude de laisser traîner sa monnaie. Plus jeunes, lui et Catou en faisaient la chasse avec délices. Ce coup-ci, Jérôme n'y est pour rien. Le casino ne l'a jamais attiré. Le jeton et ces pièces seraient-ils la propriété du bandit ?

Un frisson lui traverse les côtes. Alex se jette dans l'escalier du sous-sol, puis dans le bureau de son père. Il passe la main sur le fauteuil bleu foncé de Jérôme, comme pour y détecter une présence insolite. Le bandit a dû s'asseoir dans le fauteuil. Il en est sûr. Le butin a glissé de sa poche. Sans doute en débranchant l'ordinateur. La figure de l'agente Kim Vollant lui revient à la mémoire. Ce jeton devrait intéresser au plus haut point la renarde à lunettes mauves. Elle saura peut-être établir les liens entre le jeton et un suspect, amateur de casino.

Alex examine silencieusement le bureau : un ordinateur en moins, un jeton en plus, un coffre-fort vidé, un fusil en moins... Qui pourrait être l'auteur de tous ces coups ? Un Chinois ? Certainement un habitué du casino. Et les Asiatiques sont réputés pour fréquenter ce genre d'endroits. Son regard se pose tout à coup sur un tableau suspendu au mur opposé à la fenêtre. Cette aquarelle lui paraît semblable à l'œuvre aperçue dans un placard au laboratoire. Il s'approche du tableau et y découvre la signature qu'il attendait : *Meg Blanchard*. L'assistante de son père peindrait donc régulièrement. « Vend-elle ses tableaux ? » se demande Alex. Curieux, il retire l'aquarelle de son clou et retourne l'encadrement. Une carte de couleur pêche, collée à l'arrière, porte l'inscription : « *Jardin de rêves*, pour toi, avec tendresse. » Tendresse ? Ainsi, elle et son père... Hein ? Jérôme sortirait avec cette femme ?

— Jardin de pieds. La *vlimeuse* !

En dessous de l'inscription, se trouve gravé le nom du studio qui a encadré l'œuvre. *Blue Dragon Studio*. « Un nom *twit* pour un studio », pense Alex. « Plutôt crétin, genre resto chinois. »

— Oh ! chinois ! s'écrie-t-il.

Il court dans sa chambre chercher la photo de l'équipe de recherche de son père. La photo subtilisée la veille au labo 307 de l'Institut. Une fois revenu en bas, il s'installe dans le fauteuil de Jérôme et se remet à examiner l'instantané. Dans l'encadrement de carton, Jérôme Lambert paraît sérieux, mais rayonnant. À la droite immédiate du professeur, Meg Blanchard, souriante, penche légèrement la tête vers lui. Une femme plutôt jolie, pas vraiment jeune, d'apparence soignée. Aurait-elle des liens suspects avec la communauté chinoise ? « On la croirait en extase devant Jérôme », se dit Alex en faisant pivoter nerveusement le fauteuil. Cette femme connaîtrait-elle le bandit du sous-sol ? Le cambriolage chez elle ne serait alors qu'un prétexte.

Alex examine la tête de chacun des autres collaborateurs de son père. Ted Marlow, rencontré la veille. À retenir parmi les suspects, malgré son air sympathique. Le type à barbiche, un technicien nommé Phil Boutin, père de trois enfants. Jérôme lui en a toujours parlé comme d'un gars dévoué et tranquille. Peu possible qu'il soit impliqué dans le coup. En avant d'eux, une femme au chandail rose fait sourire Alex : madame Poisson, la secrétaire de son père.

– La truite saumonée ! murmure-t-il entre ses dents.

Cette femme se situe à des années-lumière de la génération des pirates de l'informatique. Tel n'est pas le cas de Meg Blanchard. Son père lui aurait-il soufflé en rêve le code d'accès aux systèmes infos du laboratoire ? Pourrait-elle l'avoir trahi ? La chercheuse-artiste serait-elle capable d'imiter son écriture à la perfection ? Alex sue à grosses gouttes. Est-il en train de fabuler ou détient-il une hypothèse valable ?

Il dépose le tableau sur le pupitre de son père, à côté de la photo, et court en haut chercher le bottin téléphonique. Ce studio n'existe peut-être même pas. L'assistante a sans doute inventé ce nom. « Blue... Blue Dragon Studio, rue Sussex. »

– Sarbacane d'enfer !

Le studio existe, et dans une des rues les plus prestigieuses d'Ottawa. Que signifie cette découverte ? Est-elle vraiment reliée à celle du jeton ? Alex décide de téléphoner immédiatement à l'agente Vollant.

Une fois la communication établie, il lui fait part de sa trouvaille du jeton au sous-sol. Au moment où il vient pour lui parler de l'assistante du généticien, les mots bloquent dans sa gorge. Comment révéler les dessous de la vie amoureuse de son père à une étrangère ? Il bafouille sans rien ajouter, sauf une brève remarque sur le penchant des Asiatiques pour les jeux de hasard. Kim Vollant lui promet de venir chercher le jeton dès que possible. Mal à l'aise, Alex met rapidement fin à la conversation. Si l'agente de la GRC vient sur place, peut-être se sentira-t-il assez en confiance pour lui révéler ses déductions : Meg Blanchard, amante et espionne du directeur de recherche.

Et sa mère dans tout ça ? Lucie n'a jamais rien laissé transparaître d'une telle relation. Aucune discussion ouverte ni chicane à la maison. Seulement, Alex a remarqué son enthousiasme croissant pour les recherches au Yukon. Cette fois, elle est partie toute seule pour plusieurs semaines. Alex attrape un muffin sec dans le garde-manger et se met en route pour la clinique *Moustaches et belles gueules*. Le plus urgent : ramener Tarzan à la maison.

Muffins au poivre

SUR LA BANQUETTE d'un restaurant de Lower Manhattan à New York, Catou et Tom ont aussi terminé leur repas du dimanche matin. Jus d'orange, muffins, café. Le tout d'abord avalé par petites bouchées, en étirant le temps. Depuis son deuxième appel à Hull, Catou presse Tom de lui révéler son horaire précis et le lieu de son rendez-vous d'affaires. Résolue à rentrer au plus tôt, seule ou avec lui, elle est prête à s'embarquer sur un vol régulier, quitte à dépenser son salaire des dernières semaines. Devant les hésitations de son copain, elle finit par s'impatienter.

— Écoute, Tommie, je ne suis pas un bébé aux couches ! On dirait que tu me caches quelque chose. Dis-moi exactement où tu en es dans tes démarches. On s'est juré de tout se dire. J'y tiens !

Tom Potvin n'en finit plus de tourner et retourner sa serviette de table entre ses doigts. Un rendez-vous, il en a un. Pas dans un bureau. Au port. Dans un café. Et non pour un emploi. Pour une tout autre affaire. Une sale affaire. Une transaction qui lui vaudra beaucoup d'argent.

Une question le tourmente sans arrêt. Comment se fait-il que la personne contact n'était pas à son poste hier, près de Central Park ? C'était pourtant simple : l'opération devait avoir lieu à la cafétéria du musée ; un simple échange entre personnes distinguées. L'individu ne s'y trouvait pas. Alors, Tom a décidé de rejoindre Catou dans la galerie des antiquités égyptiennes. Ils ont ensuite mangé à la cafétéria, au cas où la personne se pointerait enfin. Déception. Après plusieurs appels, il a enfin conclu la nouvelle entente : dimanche, quatorze heures, café Herring sur le port.

Aujourd'hui, il lui importe que tout se déroule comme prévu. En accompagnant tout de suite Catou à l'aéroport, il risque de manquer sa transaction secrète. Pas question. « Dommage qu'elle soit si attachée à son père », se dit-il. La serviette de table en miettes entre les doigts, Tom cligne plusieurs fois des yeux avant de commencer à parler.

— Je t'ai déjà presque tout dit, Cat. Je précise : mon rendez-vous est à deux heures après-midi. Ça ne me donne pas assez de temps pour aller à l'aéroport avec toi et revenir à l'heure.

— Tommie, je ne t'ai jamais vu avec des tics dans la figure. Ça t'énerve tant que ça, ton job à New York ? Si on t'a payé le voyage, c'est qu'on tient à toi. Qu'est-ce qui ne va pas ?

– Rien de grave, Cat. Je sympathise avec toi, mais j'insiste pour que tu partes à l'heure prévue. Tu… tu veux bien attendre ?

– Calme-toi, Tommie. Je m'en irai après ton entretien avec ton employeur. C'est loin d'ici ?

– Euh… non, dans un bureau sur Wall Street.

– Ah ! mais c'est tout près, je t'attendrai dans le hall d'entrée ou à la réception ! Ce ne sera peut-être pas long. Ensuite, on ira ensemble à l'aéroport. Je t'aime fort, mais je veux partir au plus tôt, tu comprends ?

– C'est bon, réplique Tom, de plus en plus embarrassé. On va se promener ?

Tom vient de remarquer l'individu à la cigarette, assis sur un banc du restaurant, de biais avec eux ; un individu penché sur son journal qui leur a jeté un regard attentif pendant qu'il débitait ses dernières phrases. Tom est certain qu'il a vu cet homme hier, quelque part. Dans un flash, il le revoit au musée, à côté du guichet. Le même individu est entré juste derrière eux au restaurant. Inquiétante coïncidence. Lorsque les jeunes gens se lèvent, l'homme replie lentement son journal. Tom se retourne à temps pour le voir faire un signe de la main à une autre personne dehors, sur le trottoir. Police ?

Du coup, Tom change d'avis sur le départ de Catou. Il l'aime trop, cette fille, pour la mêler à sa transaction secrète. Il n'avait pas prévu l'incident. Il s'était imaginé en sécurité à

New York. Quelle naïveté ! Tom se reproche maintenant son escapade avec Catou. Il pousse la porte du restaurant avec énergie et entraîne son amie au coin de la rue d'où il stoppe un taxi qui roulait dans leur direction.

— Qu'est-ce qui te prend ? demande Catou, étonnée.

— À l'aéroport Kennedy, dit Tom en anglais au chauffeur. Laissez-moi dans Brooklyn sur Water Street et continuez ensuite avec la demoiselle.

— Tommie, je ne comprends rien…

— Patiente un peu ! Ce soir, je te raconterai en détail.

— Wall Street, c'est dans une autre direction !

— Je suis bon marcheur. Je reviendrai par le pont de Brooklyn.

Le chauffeur de taxi quitte déjà Manhattan et s'arrête de l'autre côté du pont, non loin de Water Street, pour laisser descendre Tom.

— Pas le temps d'aller plus loin ! Tu dois partir seule et tout de suite. Je t'aime, Cat…

Il dépose rapidement un billet américain dans sa main et quitte la voiture en refermant la portière derrière lui. Le chauffeur de taxi repart avec Catou, éberluée, qui suit Tom des yeux aussi longtemps qu'elle le peut.

Une fois seul, le jeune homme inspecte minutieusement les alentours : nulle tête connue ou suspecte. Il a semé ses poursuivants. Délivré de ses hantises, il s'achemine lentement vers le pont de Brooklyn.

Tigresse et dragon

Durant ce temps à Hull, un grand gars de seize ans aux cheveux bruns, longs et frisés pénètre dans une clinique vétérinaire avec la ferme intention d'en sortir son chien. Alex est convaincu que Tarzan guérira aussi bien à la maison que dans une clinique. Surtout que l'animal doit s'y ennuyer ferme. Alex est prêt à jouer du poing et du coude pour le libérer. L'absence de Tarzan lui est devenue insupportable et il entend régler la situation.

Alex n'a pas besoin d'utiliser la force. La jeune préposée l'amène tout droit vers Tarzan et ouvre sa cage.

— Il a remonté la côte depuis hier. Presque une résurrection ! Son organisme a entrepris d'éliminer le poison. Si tout continue de s'améliorer, tu pourras le ramener très bientôt chez toi. Peut-être dans quelques jours.

— C'est tout de suite que je l'emmène !

– Doucement. Veux-tu lui donner un autre choc ?

En apercevant Alex, Tarzan dresse les oreilles et essaie de se mettre debout sur ses pattes. Il se recouche en gémissant, les membres affaiblis, le souffle court. Alex s'approche de lui. Le gros chien se laisse caresser avec ravissement. Il approuve du regard tout ce que son maître lui raconte.

– Si j'attrape celui qui t'a empoisonné, mon vieux, je le taille en morceaux. Compris ? En plus, tu ne vas pas te morfondre ici plus long-temps. On s'en va !

– Vraiment pas ! s'oppose farouchement la préposée en refermant la cage.

Surpris du geste, Alex fixe la jeune fille qui soutient son regard sans broncher. Avec ses yeux verts et ses cheveux aux mèches orangées, elle lui fait penser à une tigresse qui défend son petit. Il n'a plus envie de combattre. Son agres-sivité descend de plusieurs degrés. Tarzan a trouvé une protectrice calme et énergique. Alex l'écoute patiemment lui faire la leçon.

– Le vétérinaire attend des résultats d'ana-lyse de laboratoire. Le chien vient d'avoir une prise de sang. Si le résultat est bon, Tarzan pourra manger des aliments solides et reprendre des forces. Il a tout évacué, le pauvre ! Laisse-lui une chance. On se revoit demain ?

– Sans faute ! Es-tu libre ce soir ?

La jeune fille rougit jusqu'aux oreilles. Alex éclate de rire.

– C'était juste une blague. Faut pas m'en vouloir. Mon chien est le seul qui m'est fidèle.

Ça me rendait fou de le savoir en danger. Je suis tellement content qu'il revienne à la santé.

— Moi aussi.

— Tu t'appelles comment ?

— Marie-Jo !

— Merci, Marie-Jo. Désolé de t'avoir inquiétée. Tarzan, tu peux compter sur moi, je serai ton homme, demain. En attendant, une tigresse prend soin de toi !

Le chien jappe faiblement, de déception et de contentement à la fois. Enfin rassuré sur son sort, Alex remercie la préposée en riant et quitte la salle sans se retourner. Il se dirige tout droit dehors en fredonnant « *Mon ange…* »

Rentré chez lui au pas de course, Alex se confectionne une omelette au jambon. À la dernière bouchée, il reçoit un appel de son père. Le garçon ne lui raconte rien à propos du jeton, au cas où Meg Blanchard et ses acolytes seraient des adeptes du casino. Rien sur Catou non plus, de peur de l'attrister davantage. Il se contente de lui résumer l'article paru dans le journal national.

Jérôme Lambert le questionne longuement à propos de cet article. Le chercheur jure qu'il ne connaît personne relié de près ou de loin à la compagnie chinoise *Ying Labs*. Le savant chinois avec qui il a correspondu serait fiable en tous points. Un homme irréprochable et distingué. Alex lui parle alors de la guérison de Tarzan, le seul élément positif dans ce drame. Son père lui répète qu'il n'a rien à voir avec tous ces événements, qu'il est désolé pour lui et sa sœur. Des gens futés en informatique ont dû pénétrer dans ses fichiers, puis se servir à même son coffre-fort. C'est la seule explication possible. Il prend congé de son fils en lui promettant de rappeler dès que possible.

« Correct, mais moi, dans tout ça ? se demande Alex. Jérôme estime que je peux me débrouiller seul. En effet, je suis tout seul dans mon trou ! »

Sa mère n'a toujours pas répondu à ses messages. Isolée en région sauvage, elle doit éprouver des problèmes de communication. D'autre part, Catou persiste à se retrancher ailleurs, dans un lieu inconnu. Et son père, maintenant emprisonné, s'est créé de nouveaux liens affectifs. « Meg Blanchard, la cerise sur le *sundae* ! »

Le vide s'étend autour de lui. Cette solitude nouvelle lui pèse plus que le scandale étalé dans les journaux. Sa nuit coupée par la sonnerie du téléphone commence aussi à peser lourd sur ses paupières. Il a sommeil. Le bottin téléphonique resté ouvert sur la table le fait pourtant réagir. « Un dragon bleu dans le portrait, le comble ! » Malgré sa fatigue, le nom de ce studio l'intrigue et lui chatouille désagréablement les méninges. S'il explorait les lieux ? Il pourrait tout de suite vérifier si la baraque est teintée aux couleurs de Chine ou pas.

Alex cède à son impulsion ; il saisit les clés sur l'étagère et s'élance dans la Buick qui effectue une nouvelle sortie fulgurante.

— À l'attaque ! lance-t-il avec détermination.

Un quart d'heure plus tard, il descend dans une rue tranquille, à bonne distance de la rue Sussex. Il marche ensuite jusqu'au *Blue Dragon Studio*. Impressionné par la façade blanche et soignée de la boutique, il n'ose entrer. L'immeuble ressemble à un musée plutôt qu'à un studio d'encadrement. « Les sénateurs doivent faire encadrer leurs œuvres ici », se dit-il.

Mais les sénateurs semblent plutôt en party, ce jour-là. Des gens vêtus avec élégance sortent de l'immeuble pour fumer. D'autres s'apprêtent à y entrer. Intrigué par le va-et-vient, Alex traverse la rue et se mêle aux fumeurs. Il finit par les suivre à l'intérieur. L'adolescent découvre que le studio se double d'une chic galerie d'art. Une réception importante semble avoir lieu ce dimanche. Les invités circulent d'un tableau à l'autre, un verre à la main. Certains ont des traits nettement asiatiques.

« Un vernissage ! » se dit Alex, qui se joint aux invités.

À l'écart des autres groupes, il croit reconnaître quelques figures déjà aperçues à la télé. Des ministres ? Des journalistes ? Son étonnement est encore plus grand lorsqu'il entrevoit un homme de haute stature portant un *tuxedo*. Certain d'avoir déjà vu ce bonhomme, il le reluque de loin, n'osant s'approcher. Où donc l'a-t-il rencontré auparavant ? À l'Institut ? Peut-être. « Je m'endors tellement que je rêve debout. De toute façon, rien de chinois ici. »

Il se détourne, bien décidé à partir, lorsqu'il aperçoit une toile signée Meg Blanchard.

– La jolie aquarelle ! s'écrie une invitée à côté de lui.

– Sarbacane d'enfer ! murmure Alex, qui dirige à nouveau son regard vers l'homme au *tuxedo*.

Près de lui, Meg Blanchard en personne converse avec un individu aux cheveux argentés.

L'assistante de son père ressemble à sa photo, mais sa physionomie n'a rien de joyeux. Elle salue son compagnon et s'apprête à quitter l'événement.

– Au revoir, cher ami, dit-elle en anglais. Je vous téléphonerai demain concernant d'importantes questions.

– Avec plaisir, madame Blanchard.

Les distingués invités s'écartent pour livrer passage à l'artiste. Alex se tasse contre le mur pour éviter d'être remarqué. Quelques minutes après la sortie de Meg Blanchard, le plus discrètement possible, le garçon s'efface à son tour de la réunion mondaine. Sitôt dehors, il court à la voiture de son père, garée à plusieurs rues de là. Aussi éveillé que le coq à cinq heures du matin, il démarre la voiture et conduit avec souplesse dans les rues, un œil dans le rétroviseur, le pied sur l'accélérateur. En traversant le pont vers Hull, Alex soupire d'aise : mission accomplie.

Rendez-vous piégé

SUR UN AUTRE PONT, celui de Brooklyn, Tom Potvin se décide à franchir la passerelle piétons-vélos. Un dimanche idéal pour une balade touristique. Pas un coin de ciel voilé. Toutefois, la vue prenante sur Manhattan et la rivière Hudson ne retient guère son attention. Happé par la foule, il se laisse porter par elle. Des groupes de touristes en short et espadrilles le précèdent, l'entourent, le suivent. Comme si une marée de personnes montait à l'assaut de New York. Oubliant toute prudence, Tom s'y intègre en sifflant et en battant de la semelle. Plus il se rapproche du lieu de son rendez-vous, plus ses pensées frisent l'incohérence.

« Excitante, la promenade sur ce pont. Hier, j'aurais dû venir ici avec Catou. Si je peux arriver à m'emplir les poches, je fous le camp au Groenland. Je kidnappe mon amour et je l'emmène dans un château de glace ! »

Derrière ses lunettes fumées, il savoure le dénouement prochain de son aventure. Une aventure amorcée au Casino de Hull, un soir qu'il croulait sous les dettes. Son argent, il l'avait dépensé follement au jeu. Un Chinois l'a abordé. Un Chinois qu'il avait connu en effectuant un contrat de rénovation. Ce monsieur lui a offert de payer ses dettes en échange d'un tout petit service. Presque rien : déjouer un système informatique. Tom n'avait qu'à se présenter à son bureau le lendemain. Le jeune homme a accepté. Il n'avait pas le choix : il devait trop d'argent. Et ce n'était pas sa première opération illégale dans le métier de pirate de l'informatique. De caractère aventureux, il voyait dans cette offre l'occasion de raffiner ses techniques. Sans en mesurer les conséquences.

Tom a poursuivi le travail pour monsieur Tchang durant plusieurs mois. Ses efforts lui ont permis de craquer les systèmes d'un laboratoire de génétique. Et même, de se livrer à une opération complémentaire de saisie, grâce aux indices fournis par sa nouvelle petite amie. Maintenant, il tient à sa ceinture le joyau de ses patientes recherches et il entend être payé pour ses efforts.

« Je suis passé à l'international en flèche ! Ces gens-là me doivent un gros montant et ils font mieux de me le remettre tout de suite. »

Un coup d'œil à sa montre le rassure sur son horaire. Treize heures quinze. Il lui reste amplement de temps. Une fois revenu dans Manhattan, il tourne à gauche dans South Street, la rue qui doit le mener au marché aux poissons et au café Herring. Frôlant un groupe de jeunes asiatiques, il perd un instant l'équilibre. Ces visages aux yeux bridés lui rappellent les hommes mystérieux du restaurant. « Pourquoi est-ce que j'ai pensé à la police ? Peu de chance que ces hommes en soient vraiment. On nous surveillait de près. Mais qui ? Des gens intéressés à mon trésor ? » Des sueurs froides lui coulent sur le front malgré la chaleur. Si les amis newyorkais de monsieur Tchang étaient de vrais bandits, ou pire ? Le mot « assassin » effleure à peine son esprit qu'il a bifurqué dans une rue qu'il remonte en courant. Il enfile une deuxième avenue et s'engouffre dans un grand magasin de matériel informatique. Il apostrophe le premier vendeur qu'il croise.

— Des disquettes, il me faut des disquettes !

— Vous énervez pas ! On en a des milliers, ici. L'allée numéro trois, devant vous.

Tom s'empare d'un paquet de disquettes, d'une enveloppe d'expédition, et court à la caisse. Il lui semble que tous les clients ont une tête suspecte et il frémit chaque fois que la porte s'ouvre. La clientèle, plutôt jeune, se concentre autour des nouveautés. Les allées et venues de Tom n'éveillent aucun intérêt. Il paye ses achats et loue sur place un ordinateur pour une courte période. Ensuite, il s'installe devant l'appareil afin d'effectuer une copie des précieuses données qu'il porte à la ceinture. « Si les salauds ne me font plus confiance, ils en seront quittes pour une surprise. Maudits vampires ! J'expédie une copie de la disquette chez moi. Au moins, si je m'en sors, les découvertes seront partagées. »

Il met la copie dans une enveloppe, y inscrit son adresse, puis accoste un jeune commis à la figure joviale.

– Tu me postes ça demain et tu te la fermes ! Compris ? Pas un mot à personne. Disparais maintenant, ta journée est payée.

Tom lui glisse huit billets de vingt dollars dans les mains en même temps qu'il lui remet l'enveloppe. Le jeune, surpris, acquiesce en promettant sur l'honneur qu'il s'acquittera de sa mission.

Au sortir du magasin, Tom inspecte prudemment la rue. A-t-il réellement déjoué ses poursuivants par sa fuite en taxi et son retour solo par le pont ? L'attendent-ils au port ou sont-ils en train de le guetter ? Assailli de visions sanguinaires, Tom prend le parti de fuir Manhattan par métro. Plus tard, il entrera en communication avec Tchang. S'il avait simplement imaginé ce scénario de terreur ?

Il se glisse parmi les promeneurs jusqu'à la station de métro Fulton. Un groupe de jeunes s'attarde à manger des crèmes glacées en haut de l'escalier ; Tom les contourne et dégringole les marches. Une famille de Noirs avec deux enfants descend devant lui. Rendu à leur hauteur, un coup de feu retentit, une balle siffle. Tom ressent une brûlure sur le côté. Il franchit le guichet au moment où un second coup de feu éclate. Affolé, il se rue sur le caissier pour acheter des jetons de métro. Dehors, des gens crient au secours dans un tumulte monstre. L'accès à la station de métro est immédiatement bloqué.

Tom s'engouffre dans le premier couloir venu, saute dans un wagon et s'affale sur une banquette libre. Il se rend compte alors que son t-shirt est troué et sa peau sérieusement éraflée. L'assassin l'a manqué de peu. Soudain, Tom reprend contact avec la dure réalité. Sa ceinture de sécurité n'est plus à sa taille ! L'individu a visé juste. Il a sans doute récupéré la disquette après l'attentat. Tom extrait un mouchoir de la poche arrière de son jean. Dans cette même poche, il tâte du doigt sa carte guichet, utilisée le matin même. Il n'est pas démuni et il s'en sortira. Tant bien que mal, il presse ses pansements impro-visés sur sa blessure. Un doute le saisit. Est-il vraiment sauf ? Les bandits se reprendront peut-être plus loin. Il jure de ne pas leur en laisser l'occasion. De pirate à cambrioleur, le voici de-venu fugitif. Fuir, il veut fuir très loin, aussi loin qu'en Amérique du Sud.

Sur le trottoir de la rue Fulton, un petit garçon noir marche à côté de sa maman, un étrange paquet à la main. Il l'a ramassé près de la porte du métro après les coups de feu. Son papa a été blessé à une jambe, une ambulance vient de l'emporter à l'hôpital. Secouée par les événe-ments, sa maman n'a pas vu le gamin ouvrir une pochette de cuir tombée à ses pieds.

L'enfant est triste, mais le méchant tireur a été abattu par un policier. Et il tient un cadeau :

une sorte d'enveloppe plate avec quelque chose de dur à l'intérieur. Sa maman l'éloigne avec sa sœur de ce lieu horrible et tente d'arrêter un taxi.

Pendant ce temps, le petit garçon noir joue. Il a découvert un ruisseau juste en bas du trottoir. Le cadeau devient bateau. Il sourit. L'enfant joue avec le nouveau bateau qui refuse de flotter. Il le pousse dans l'eau avec énergie. Comme un taxi s'arrête, le mystérieux cadeau est emporté dans la bouche d'égout !

— *Gone !* s'écrie l'enfant.

Dans une voiture taxi de New York, un petit garçon noir pleure un bateau de métal, lourd, lourd de toute la science d'un monsieur très savant.

L'artiste espionne

LOIN DE L'EFFERVESCENCE des grandes villes, Alex stoppe la voiture de son père dans un crissement de pneus. Il se précipite à l'intérieur de la maison.

— Ouf! fait-il en remettant les clés sur l'étagère du vestibule.

— D'où sors-tu ? lance une voix féminine. On t'entend de loin.

— Cat ? Déjà ?

— Semblait que j'étais indispensable et que ça pressait. Plus maintenant ?

— Attends que je te raconte le détail. Tu n'en reviendras pas !

Alex remarque les traits tirés et la mine basse de sa sœur. Allongée sur le canapé, le sac à dos lâché à côté d'elle, elle l'attendait en écoutant une symphonie. Peu son genre. D'habitude, Catou déplace de l'air. Elle s'occupe à un tas d'activités, athlétisme, projets de cours, bref, elle emplit la maison et se suffit à elle même.

– Dépêche-toi ! reprend-elle. J'ai passé une journée d'enfer à cause de l'arrestation de Jérôme.

Catou ment et elle le sait très bien. Son inquiétude à propos de son père est réelle, mais l'attitude incompréhensible de Tom à New York la chavire bien plus. Pourquoi l'a-t-il quittée aussi cavalièrement ? Elle a remarqué son expression effarouchée lorsqu'il s'éloignait seul vers le pont de Brooklyn. Que craignait-il ?

À bord de l'appareil d'Air Canada qui l'a ramenée à Ottawa, Catou n'a cessé de tourner et retourner le scénario de la fin de semaine dans tous les sens. Cet hôtel luxueux où ils étaient inscrits sous un faux nom, l'entretien manqué du samedi, le petit déjeuner troué de silences lourds. Elle s'est rappelé le coup d'œil jeté par Tom à un individu sur le trottoir, en sortant du restaurant. Puis, le taxi hélé en vitesse. Il semblait vouloir fuir et l'éloigner, elle, rapidement. Il a sauté de la voiture sans fournir d'explications. À l'aéroport Kennedy, Catou a fini par trouver une place sur un vol en partance pour Ottawa. Depuis qu'elle est rentrée à Hull, elle attend son coup de téléphone, le cœur à l'envers. Toujours rien.

La jeune fille se lève en secouant sa chevelure frisée, couleur châtaigne. Son pantalon blanc s'est froissé durant le voyage. Elle s'en moque. La mode, ce n'est pas pour ce soir. Catou marche de long en large comme si Alex n'existait pas. Elle sursaute lorsqu'il déclare :

– Je pense que j'ai du nouveau. Connais-tu Meg Blanchard ? Je crois que ça pourrait être elle, la vraie espionne !

Catou pivote sur ses talons.

– Es-tu en train de capoter ?

– Pas plus que toi.

– Écoute, c'est impossible. Jérôme m'a souvent parlé de Meg et je suis déjà allée manger avec eux. Je la connais.

– Tu savais ?

– Savais quoi ? Qu'elle est une espionne ?

– Arrête de me niaiser ! Je voulais parler de sa relation avec Jérôme.

– Évidemment, je suis au courant. As-tu d'autres révélations extraordinaires ? J'ai pas de temps à perdre avec tes suppositions *nounounes*.

– Il s'agit pas de suppositions mais d'observations RÉELLES, faites dans une galerie d'art où elle expose, à part ça. Je ne suis pas un imbécile !

– Si on commandait une pizza ? suggère Catou sur un ton détaché.

– Une extragrande, précise Alex en courant vers le téléphone.

Catou a faim. Elle n'a rien mangé à bord de l'avion, étant trop à l'envers. Elle se réfugie dans sa chambre en attendant le livreur, mais redescend sitôt la pizza sur la table. La figure bouffie et les yeux rougis, malgré les compresses d'eau froide appliquées en vitesse, elle commence à se découper un morceau.

– Vas-y, lâche le paquet !

Alex est certain d'avoir entendu sa sœur sangloter dans sa chambre. Il se promet de ne pas la questionner sur sa fin de semaine. « Sûr que le père n'est pas le seul responsable de son émoi, se dit-il. Qu'est-ce qu'il lui a fait, son beau Tom si parfait ? »

Il se lance donc dans le récit de sa visite à la galerie d'art, décrit les invités asiatiques et rapporte à sa sœur la salutation finale de Meg Blanchard adressée à un monsieur ultra-chic. Alex confie à sa sœur ses doutes. Ce monsieur à la crinière argentée aurait-il des liens particuliers avec Meg Blanchard et les escrocs chinois ? Alex appuie sa thèse en décrivant l'œuvre exposée dans la galerie. Troc de pub d'art contre renseignements scientifiques ? Pourquoi pas ? Catou écoute, attentivement cette fois. Elle hoche la tête, non convaincue du rôle prêté par son frère à l'assistante de recherche.

– Pas d'accord, Alex. Cette galerie-là a bonne réputation. La crème des galeries d'art. Des clientes de la boutique où je travaille la fréquentent. Du monde huppé s'y donne rendez-vous. Je me demande comment tu es parvenu à y entrer. Et parce que tu as vu des Chinois, tu sautes aux conclusions ! Te rends-tu compte du nombre de Chinois qu'il y a en Ontario ? J'aime bien Meg Blanchard. C'est une femme brillante, et je suis certaine qu'elle est honnête. As-tu fumé du *pot*, par hasard ?

– J'en aurais peut-être envie. Tu tournes tout à l'envers, Cat. Si je te disais que j'ai trouvé un jeton de casino dans le fauteuil de Jérôme, le soir du cambriolage ? Un vrai morceau de plastique, rien de vaseux.

— Je répondrais que Jérôme a fait une sortie au casino !

— Et si c'était le cambrioleur du sous-sol qui sortait au casino ? Les Chinois sont amateurs de jeu. Tu le sais aussi bien que moi.

— Au printemps, le personnel du labo s'est offert une sortie par là. Le jeton devait se trouver dans les poches de Jérôme. En attendant le résultat de ton enquête lumineuse, je monte dans ma chambre.

Catou apporte avec elle le reste de sa pointe de pizza, et Alex, pensif, demeure silencieux devant tout le reste. Cat aurait-elle raison ?

Double identité

UN PEU PLUS TARD, un accident étrange survient au coin d'une rue achalandée de High Manhattan, à New York. Un homme est renversé par une voiture, par la suite disparue dans la circulation. Cet homme peut avoir une trentaine d'années. Il gît inconscient, baignant dans une mare de sang. Un individu qui le suivait de près en traversant la rue se précipite sur lui.

— Je suis médecin. Laissez-moi faire !

Les mains nerveuses du secouriste font rapidement le tour des poches de la victime. Dans un subtil tour de passe-passe, l'individu échange ses papiers contre ceux de l'accidenté. Les gens autour de lui n'ont rien vu, tremblants d'horreur, complètement sous le choc.

— Je crois qu'il est trop tard, annonce-t-il d'un ton funeste en se relevant, après avoir abandonné son blouson noir dans le sang à côté de la victime.

Quelques instants après, un bruit aigu de sirène déchire l'air et les secours fendent la circulation. Un convoi d'ambulances et de voitures de police arrive sur place. Des agents s'empressent d'éloigner la foule du drame pendant que les ambulanciers s'affairent auprès de la victime. Malheureusement, l'homme est décédé. L'enquête de la police débute à l'instant.

Le jeune « docteur » aux doigts longs est déjà loin. Il s'est esquivé sans problème au travers de la foule de curieux. Maintenant, assis sur la banquette d'une voiture taxi, il savoure sa chance. Il aurait pu être à la place de la victime. Le destin en a voulu autrement. Il contemple la photo du passeport avec éblouissement : ce Cubain lui ressemble ! On dirait un frère. Le passeport lui va comme un gant et il en fera bientôt le test. Muni d'une nouvelle identité, le porte-monnaie renfloué, il fait route vers l'aéroport de Newark.

Tom Potvin n'est plus. José Pedro Gonzalez, originaire de Cuba, ingénieur diplômé et porteur d'un passeport en règle, part en voyage. Un nouveau souffle l'anime. Une forte détermination aussi. Dans quelques heures, il s'envolera pour le Chili. La confrérie des pirates de l'informatique l'aidera à atteindre son but. Le jeune homme est redevenu confiant. Il échappera à ses poursuivants.

L'ennui, c'est qu'il est tombé amoureux de la fille du professeur Lambert. Au début, Tom sortait avec Catou seulement pour en apprendre davantage sur les activités de son père. Peu à peu, il s'est épris d'elle. Trop. Beaucoup trop. Cette fille aux cheveux frisés le ravit. Vive, intelligente, elle pige tout en informatique. Il n'a pu résister à la tentation de l'emmener avec lui à New York, malgré son mauvais coup. Maintenant, il s'inquiète horriblement. Que va-t-elle penser de lui ? Surtout qu'il a attaqué le chien de son frère. La dose de poison n'était pas mortelle, mais le pauvre animal a dû souffrir. Que faire ? Une seule solution possible : aviser Catou de l'envoi de la copie de la disquette chez lui, à son propre studio. Elle saura se débrouiller.

« Cat, mon amour, je te ferai signe plus tard », se dit-il en apercevant les bâtiments de l'aéroport.

La revanche de Tarzan

CE LUNDI, Alex se réveille tard, très tard. Tant d'ennuis et tant d'heures de sommeil à récupérer l'ont fait tomber dans son lit comme une pierre dans l'eau. Il a dormi replié sur lui-même, étranger aux remous, fermé au monde extérieur. À quatorze heures, les embêtements remontent à la surface un à un, l'agressent plus férocement qu'hier. Ainsi donc, Catou croit que leur père pourrait être allé au casino. Comment vérifier une chose pareille ? Jérôme Lambert n'est pas du genre à répondre aux questions qu'il juge impertinentes. Catou ne croit même pas à l'implication de Meg Blanchard dans le complot. Ce qui élimine le « Dragon bleu » et, du même coup, fait repartir son enquête à zéro. Alex quitte sa chambre le moral dans les talons.

Lorsqu'il arrive en bas, Catou semble encore plus morose que la veille. Elle le regarde se confectionner un déjeuner, les yeux dans le vague.

— Veux-tu bien me dire ce qui te chicote ? lance Alex, en train d'avaler sa troisième rôtie.

— J'ai écouté les nouvelles à midi, répond-elle d'une voix à peine perceptible. Après le vernissage, Meg Blanchard a eu un grave accident de voiture. Quelqu'un l'a frappée par-derrière. Voilà la dernière sur ton espionne !

— Pas vrai !

— Exact. Je l'admirais, cette femme-là. Tu n'aurais jamais dû la soupçonner. On a rapporté qu'elle était inconsciente. Pauvre Jérôme ! Un malheur de plus. Quand est-ce qu'il doit rappeler ?

— Après-midi ou ce soir.

— Rien du côté de maman ?

— Encore en mission d'exploration. Je n'ai pas osé lui écrire l'arrestation de p'pa. Je vais vérifier si elle a enfin répondu à mon message sur Internet.

— Bonne idée. Va te brancher ailleurs ! Peut-être que ça te donnera de l'inspiration pour aider Jérôme.

Alex s'éloigne en contenant tout juste sa fureur. Le ton de Catou lui écorche les nerfs, mais il ne veut pas contre-attaquer. Du moins pas tout de suite.

Catou s'enfonce plus creux dans ses coussins. Elle a crâné devant Alex. Le silence de Tom la torture de plus en plus. Toute la nuit, elle s'est répété : « Tommie d'amour ! Où es-tu ? Parle-moi de ton emploi, t'en viens-tu ou non ?

As-tu commencé à travailler ce matin ? Comment peux-tu m'oublier ? » Il lui semblait sentir sa présence à ses côtés ; ses caresses tendres et insistantes la rejoignaient encore. Elle se pelotonnait dans un coin du lit à la recherche de son corps, de son odeur. Une fois éveillée, rien n'est resté de lui. Vide, cette chambre. Évacuée, sa présence. Tom est parti sans donner signe de vie. Qu'est-il arrivé ? Un accident ? Elle ne veut pas croire au malheur. Autant penser qu'il s'amuse ou travaille à son gré sans elle.

Le cœur serré, Catou se lève pour éteindre cette musique. Un des disques préférés de Tom. « Stop ! Assez de pensées sombres ! Pas possible qu'il m'oublie, se dit-elle enfin. Il va téléphoner ce soir, après sa journée de travail. » Elle remonte à sa chambre en se promettant de surveiller les appels jusque tard dans la nuit.

Dans le petit bureau, Alex se livre à une recherche particulière. Aucun courrier électronique ne lui est destiné. La panne de communication avec le Yukon perdure. La suggestion de Catou de se brancher ailleurs l'a brûlé, mais il s'est vite ressaisi. Pourquoi ne pas naviguer sur le *Web* ? L'agente de la GRC y a certainement pensé. Elle semblait à la recherche d'un expert en informatique. Alex sourit. La navigation sur la toile magique ne lui déplaît pas. Il se lance donc dans la recherche. Une recherche qui le conduit au site du laboratoire chinois qui prétend offrir la thérapie génique du professeur.

« Voyons voir : *Ying Labs,* siège à Hong Kong, succursale à New York. Succursale à New York ? Une vraie grosse boîte. »

– Sarbacane de bandits !

Excité par sa découverte, Alex se transporte sur le site du *Blue Dragon Studio*… « Eh bien ! pas du tout asiatique comme présentation, ce studio, tout comme la galerie, d'ailleurs ! J'étais vraiment sur une fausse piste. »

Il revoit encore la figure tourmentée de Meg Blanchard lorsqu'elle a quitté le vernissage. Meg, la blonde de son père. Conscient du chagrin qu'infligera l'accident de la chercheuse à ce dernier, Alex se morfond à réfléchir. L'homme de science n'en finit plus d'être attaqué. Pourtant, son père mérite les honneurs plutôt que la honte. « Attaqué ? » se répète Alex. « Et si Meg Blanchard avait été agressée au volant ? On a peut-être frappé sa voiture par exprès. » Cette pensée le glace d'horreur. L'espion du 307 ferait-il partie d'une puissante organisation internationale ? De Hong Kong à New York, en passant par Ottawa ?

Alex en conclut qu'il doit laisser tomber ses tentatives d'enquête. Trop périlleux pour un civil. Des professionnels dirigent le coup. Il clique sur l'icône de sortie et ferme l'ordinateur. Recherche terminée ! Quand même, il ne peut renoncer à une dernière sortie en Buick. Direction : la clinique vétérinaire *Moustaches et belles gueules*. Tarzan l'attend. Avec un peu de chance, Marie-Jo l'espère peut-être aussi.

Au moment où Alex quitte la maison, la sonnerie du téléphone retentit. Catou se précipite. Serait-ce enfin Tom ? Déception ! Jérôme Lambert est au bout du fil. Son père exige qu'elle lui lise l'article de journal où il est question de l'accident de Meg Blanchard. Catou le sent tellement alarmé qu'elle passe sous silence son escapade à New York et court chercher l'article réclamé.

Après lecture, le généticien emprisonné se racle la gorge, envahi par l'émotion.

— Ma grande fille, des gens sont prêts à tout pour me détruire et s'emparer de mes recherches. Attention à toi. Sois prudente, je t'en supplie, Catou !

— P'pa, j'irai voir Meg Blanchard à l'hôpital.

Un long silence suit sa proposition. Jérôme Lambert se sent incapable de répliquer. La voix lui manque. Un filet sonore lui revient après un instant.

— Sois très prudente ! Je ne te le répéterai jamais assez.

De son côté, Alex a tôt fait de franchir les deux rues qui le séparent de la clinique. Son plan est inébranlable : ramener Tarzan dans la limousine paternelle sans prêter l'oreille aux discours. À sa surprise, le vétérinaire vient lui-même l'accueillir.

— Les tests sont excellents et ton chien a gardé sa nourriture semi-liquide. Je lui donne son congé. Laisse-le au repos et offre-lui à manger peu à la fois. Je t'assure qu'il continuera de récupérer. Dans une semaine, il devrait avoir repris son poids. Si tu veux patienter une minute, quelqu'un va te l'amener ici. Bonne chance, et reviens avec lui dans une dizaine de jours.

Rayonnant de satisfaction, Alex remercie chaleureusement le vétérinaire qui retourne à son bureau. Le garçon fait les cent pas en attendant Tarzan, espérant revoir Marie-Jo par la même occasion. Un instant plus tard, les deux font leur apparition.

— Viens, Tarzan, la tigresse t'abandonne ! dit la jeune préposée en lâchant l'animal qui vient se frotter contre son maître.

— Merci, oh ! merci, Marie-Jo ! Le docteur a sauvé deux vies, celle de Tarzan et la mienne.

— Pour vrai ?

— Juré ! J'allais dépérir sans lui.

— C'est un chien attachant. Un gros doux, mais il était très malade. Il fallait le garder à la clinique hier, je t'assure.

— Je serais bien resté, moi aussi, dit Alex en fixant la laisse au collier de Tarzan.

— Impossible.

— Écoute, si je passais te donner de ses nouvelles dans le courant de la semaine ?

— Tu peux toujours. J'ai bien aimé m'occuper de ce chien-là.

Marie-Jo ignore le flirt d'Alex, mais son sourire engageant, mi-taquin, mi-naïf, le rassure. Le garçon n'ose toutefois rien ajouter. Après un bref au revoir, il conduit Tarzan dehors en tirant sur la laisse pour modérer l'élan du chien.

– Ménage tes forces, Tarzan.

Sur le chemin du retour, Alex siffle. Marie-Jo lui plaît. Il la trouve *sexy,* non, mieux que s*exy*. Rieuse, énergique, jolie aussi avec ses cheveux parsemés de flammèches éclatantes. Sauf que si elle apprend qu'il laisse l'école, elle le fuira. « Un *drop out* n'attire pas les filles », se dit-il. « De toute façon, je n'ai jamais eu le tour. »

– Mes chances sont nulles, Tarzan, déclare-t-il en virant le long du parc.

Devant la maison, une voiture démarre en sens inverse. Elle est déjà rendue loin lorsqu'il engage la Buick dans l'entrée de garage. Alex ne porte attention qu'au chien.

– Viens, on descend.

L'animal n'a pas bougé durant le court voyage. Quand Alex ouvre la portière, Tarzan remue les pattes et respire l'air frais avec délices.

– Pas le bon moment pour une promenade, mon gros. Tu dois te reposer.

Une fois à l'intérieur, le chien commence à fureter partout, la queue en bataille, heureux de retrouver son milieu habituel. Dans le salon, le sac à dos de Catou traîne encore par terre. Tarzan plonge son nez dans le sac en jappant.

– Lâche le sac ! ordonne Alex.

Avant qu'Alex ne puisse le saisir par le collier, le chien extrait une enveloppe du sac et s'enfuit avec dans la cuisine. Catou apparaît alors en haut de l'escalier.

– Qu'est-ce qui se passe ? Le chien est devenu enragé ?

– Il a fouillé dans ton sac. Attends, je m'en occupe !

Catou descend à toute vitesse dans la cuisine pendant qu'Alex tire le chien par le collier. Tarzan ne veut pas lâcher prise et serre les mâchoires sur l'enveloppe. Il finit par obéir à son maître en grondant. Quand sa sœur arrive, Alex lui remet le document mordillé et déchiqueté.

– Tu pourrais apprendre à vivre à ton chien, dit-elle en recueillant le reste de l'enveloppe. Par chance, c'est rien d'important. J'aurais dû jeter cette paperasse avant de m'en revenir. Excuse, là, je travaille demain, je veux mettre mes affaires à l'ordre.

Catou reprend possession de son sac et remonte d'un pas vif à sa chambre. Dans la cuisine, Alex examine un coin oublié de l'enveloppe. Il y lit le nom de Tom Potvin. Perplexe, il jette le bout de papier à la poubelle et sert un grand bol d'eau au chien.

– Modère tes émotions si tu veux reprendre la forme !

Le chien boit une lampée d'eau et s'étend ensuite sur son morceau de tapis préféré, sous la cage d'escalier de ses maîtres.

À l'étage, Catou se remet à pleurer, la tête sous l'oreiller. La sortie du chien contre l'enveloppe a fini de l'abattre. Elle n'a pas raconté à son frère la visite surprise de l'agente Vollant, de la GRC. Une visite qui l'a perturbée jusque dans les replis de son âme. Cette femme à chignon et à lunettes bizarres l'a cuisinée sans merci.

Pourquoi toutes ces questions sur Tom et leur fin de semaine à New York ? Catou n'a rien dit à Kim Vollant des circonstances de leur séparation. Elle lui a rapporté qu'il devait commencer à travailler là-bas, dès ce lundi. L'agente n'a pas manqué de la questionner sur les études de Tom, sur l'habileté de ce dernier en informatique, sur son métier actuel. Qu'importait tout cela ? Voulait-elle jouer à la finaude ou avait-elle une piste ? Quelle piste ? Tom ?

En dix minutes, l'agente a réussi à l'ébranler. Catou sanglote de plus belle. « Tommie, qu'est-ce qui t'arrive ? M'as-tu caché des bêtises, de grosses bêtises ? » Certains de ses agissements lui reviennent en mémoire et la font frémir. Pourquoi l'a-t-il tellement pressée vendredi soir ? Lorsqu'il est apparu, il lui a annoncé soudainement qu'il l'emmenait à New York. Il ne lui a laissé le temps ni de passer à la maison ni de se procurer le moindre article de toilette. Tom discourait de fête spéciale, d'emploi extra et d'achats fantastiques. Elle ne l'avait jamais senti si nerveux. Pourquoi donc ?

Catou n'est pas sans se souvenir de ses questions répétées à propos des recherches de son père et de son intérêt pour la collection de fusils de son grand-père. À ce propos, elle n'a pas répondu à la policière. Elle ne le pouvait pas. D'autre part, pourquoi l'agente a-t-elle insisté sur la question du coffre-fort ? Catou en avait-elle fait mention devant Tom ? Sans doute au téléphone, au cours de la semaine, mais jamais elle n'avait fourni d'indications précises.

Et ce jeton, cette espèce de jeton de casino qui n'arrête pas de tournoyer dans sa tête. Quand Alex lui a montré le jeton du casino, Catou lui a jeté à la figure la sortie de groupe de l'équipe du labo. Elle a chassé vigoureusement de son esprit l'image des deux jetons semblables trouvés à New York dans les poches de Tom. Cette image lui est revenue comme un boomerang après la visite de Kim Vollant. « Impossible... Non ! Non ! » se dit-elle désespérément, à mesure qu'un scénario d'horreur se précise dans son esprit.

Des coups discrets frappés à la porte lui font sauter le cœur dans la poitrine. Elle ne répondra pas. Personne n'a plus le droit de la questionner, ni d'accuser Tom. « Quand va-t-il donc téléphoner ? » se demande-t-elle pour la centième fois. Les coups se font insistants. Alex finit par tirer légèrement la poignée. Le spectacle le dévaste. Jamais il n'a vu sa sœur en proie à un tel chagrin.

– Excuse pour tantôt ! Le chien a été empoisonné. Peut-être qu'il a besoin de se défouler. D'habitude, Tarzan est correct.

N'osant ni entrer ni se retirer, Alex poursuit :

– Si je peux faire quelque chose...

– LA PAIX !

La profonde détresse de Catou lui confirme que Tarzan a mordu dans le point sensible : Tom ! Au moment où Alex referme la porte de la chambre de sa sœur, il aperçoit une carte en couleurs étalée sur le lit. Curieux, il s'étire le cou : « New York », lit-il, écrit en gros.

– Veux-tu disparaître ! crie Catou, hors d'elle-même.

Alex dégringole l'escalier et retraite dans le petit bureau. « New York ! Pas croyable. » Il atterrit de tout son poids sur la chaise devant la table de téléphone. Un craquement le fait se relever aussi vite. Alerté, le chien s'amène et renifle le siège fendu. Son maître le caresse en pensant que le soir du cambriolage, c'était probablement une personne connue qui lui a offert le poison. Catou est si troublée…

Tom cherchait-il un emploi d'ébéniste à New York ou y avait-il des amis chez *Ying Labs*? Alex se souvient de son intérêt pour les jeux informatiques. De plus, il aidait parfois sa sœur dans ses travaux en info. Catou disait que Tom était génial. Se pourrait-il qu'il soit l'expert en informatique que la police recherche ? Tarzan a réagi avec une telle violence à son odeur…

« Je dois parler à l'agente de la GRC tout de suite », se dit Alex. En même temps, l'image de la voiture qui a démarré plus tôt devant la maison lui revient à l'esprit. C'était une voiture couleur sable comme celle de Kim Vollant. L'agente serait-elle venue en son absence ?

L'adolescent se précipite dans l'entrée où il avait laissé le jeton de casino bien en vue sur l'étagère aux clés. Le jeton a disparu ! La renarde à grosses lunettes a donc rendu visite à Catou.

– Tarzan, dit Alex au chien qui l'a suivi, je comprends de plus en plus ta colère.

Poste 23

KIM VOLLANT se gratte le chignon pour la quatrième fois. Dix-huit heures. L'agente de la GRC est seule dans son bureau et réfléchit. Devant elle, une boîte de mini-réglisses se vide tranquillement. Elle a appris la mort violente de Tom Potvin à New York. Méconnaissable, le corps n'a pu être formellement identifié, mais les papiers du jeune homme étaient dans les poches de la victime et son blouson, à côté de lui. Le témoin principal de l'affaire, le précieux pirate de l'informatique, n'existe plus.

Qui est l'espion ? « Sûrement pas le professeur ! » se répète l'agente en s'offrant deux autres de ses réglisses préférées. Et la fille du prof, impliquée malgré elle, n'a-t-elle vraiment rien observé d'anormal chez son copain ? Il semble à la policière qu'elle n'a pas tout dit. Par amour, sans doute. Devrait-elle l'interroger de nouveau ? Kim Vollant ne tient pas à lui infliger de choc supplémentaire en lui apprenant le décès de Tom… « Si c'était bien lui, l'accidenté sanglant… marmonne-t-elle en enlevant ses lunettes rondes. Les pirates ont la réputation de prendre le large. »

L'agente poursuit sa réflexion en crayonnant sur une feuille de papier. Le cas ne relève pas de sa compétence. L'officier Vic Cramer s'en occupe. C'est lui qui a arrêté le professeur et qui mène officiellement l'enquête. Kim Vollant travaille au service d'espionnage depuis trois mois. Elle devrait s'en remettre totalement à son supérieur. Mais elle est intriguée par le déroulement récent de l'enquête. Pourquoi a-t-on arrêté le professeur et pas Tom ? Les cambriolages étaient maladroits. Sans doute l'œuvre de l'ambitieux pirate de l'informatique, amateur de casino. En arrêtant le savant, l'officier Cramer a certainement voulu le protéger contre un attentat direct. Il aurait pu aussi mettre à l'abri le petit ami de la fille du prof, tout en remontant la filière de ses activités.

Quelqu'un a comploté la sale transaction : marchandise scientifique de haute qualité contre une somme d'argent importante. Le cerveau de cette monstrueuse machination demeure en liberté. Un personnage X, sans doute originaire de Hong Kong, avec la complicité d'amis puissants, ici ou ailleurs.

De leur côté, les porte-parole de *Ying Labs* jurent que leurs recherches sont honnêtes et que le hasard a voulu que leurs propres travaux aboutissent au même moment que ceux de l'équipe de Jérôme Lambert. Quel prodigieux hasard ! Comment le résultat des recherches du professeur a-t-il transpiré ? Difficile à préciser... le chercheur accueille un étudiant stagiaire de McGill. Faudrait-il pousser l'enquête plus loin à son sujet ? Chose certaine, les expériences pratiquées à l'Institut ont aiguisé l'appétit de hautes têtes ambitieuses qui ont su se débrouiller, en commettant l'erreur de se fier à Tom Potvin, brillant, mais impulsif et amoureux.

Une autre question préoccupe l'agente Vollant. L'accident de l'assistante du professeur en était-il vraiment un ? Le jeune qui a embouti sa voiture a rapporté que la femme de science conduisait très lentement. Évidemment, il ne pouvait prévoir qu'une camionnette viendrait en sens inverse et frapperait la voiture de front, ce qui a aggravé l'accident. Le chauffard n'a aucun dossier judiciaire, mais il est sans emploi. Était-il à la solde de criminels ? Le dernier coup de téléphone de l'agente à l'hôpital n'a rien donné. Meg Blanchard émerge lentement du coma et souffre de multiples fractures.

En supposant que l'assistante ait découvert des faits gênants, de quelle nature pouvaient-ils être ? Meg Blanchard sortait d'un vernissage. On y lançait une exposition d'œuvres récentes de trois artistes réputés, dont un artiste d'origine vietnamienne. Il devait y avoir des Asiatiques à cette réception mondaine, mais de là à identifier un suspect... Et le Vietnam n'est pas la Chine. L'agente de la GRC s'est procuré la liste des invités. Elle relit attentivement le nom de chacun. Des ministres et des hauts fonction-naires, une belle brochette de la haute société d'Ottawa et même du Canada. Pourquoi l'of-ficier Vic Cramer n'a-t-il pas été plus vigilant envers l'artiste chercheuse ? Lui-même était présent à ce vernissage. Il aurait dû assurer sa protection en tout temps.

Kim Vollant est débordée de travail. Quantité de dossiers demeurent en attente. Toutefois, persuadée que des failles se sont glis-sées dans cette enquête, elle se promet d'inter-roger elle-même l'entrepreneur en rénovation, le patron du jeune pirate en informatique. Cet homme dirige une entreprise d'excellente répu-tation. Il doit avoir une opinion sur son em-ployé et ses fréquentations. De plus, ses cahiers de commandes, ses factures et reçus pourraient livrer de précieuses informations sur les mandats de l'ébéniste. Où les travaux de rénovation l'ont-il mené durant les derniers mois ? Offi-ciellement, l'enquête n'a rien révélé sur ces points.

L'agente de la GRC remet en place ses lunettes rondes à contour mauve, destinées à la faire paraître plus âgée. Elle s'empare du bottin et inscrit dans son carnet noir le numéro de télé-phone des *Rénovations royales*. Avant de partir, elle déchire le papier sur lequel elle a tracé une tête de mort, se promettant de vérifier le degré de sécurité accordé aux jeunes Lambert. « Ces jeunes sont aventureux », se dit-elle. « Assez de malheurs ! » continue-t-elle à haute voix.

Le fugitif

À BORD D'UN APPAREIL d'American Airlines, Tom Potvin, alias José Pedro Gonzalez, découvre le Chili et ses hautes montagnes. Une fois la gigantesque masse rocheuse des Andes franchie, Tom a la nette impression d'être rendu au bout du monde. Entre cette barrière de montagnes et l'océan Pacifique, il se sent inattaquable et invulnérable.

L'avion se pose sans incident à l'aéroport de Santiago, la capitale du Chili. Tom doit y rencontrer un dénommé « Fire », dont il possède la description sommaire. Reste à passer la douane avant cette bienheureuse rencontre.

Sans bagages et avec un passeport en règle, Tom s'avance en toute confiance. Il se retrouve de l'autre côté de la cabine douanière avec un passeport dûment estampillé et un cordial « ¡ Buenos días ! » Il a déjà repéré son contact, porteur d'un mouchoir jaune au cou. Un large sourire à la figure, il serre la main du jeune homme qui, lui, ne desserre pas les lèvres. Il l'entraîne plutôt à l'autre bout de l'aéroport, dans les toilettes. Fire lui explique que des enquêteurs de police ont découvert qu'il est vivant et en Amérique du Sud. Tom doit s'éclipser à l'instant. Toutes les démarches sont prévues. L'inconnu au mouchoir jaune lui intime l'ordre de lui remettre le passeport et l'argent du portefeuille de José Pedro Gonzalez. Tom n'a d'autre choix qu'obéir. À regret, il rend son identité de Cubain et sa fortune. Il reçoit en échange une perruque, un nouveau passeport et un billet pour l'Australie.

Fire l'escorte jusqu'à la barrière où le dernier appel des passagers vient d'être lancé. Étourdi par sa destinée, Tom se hâte dans la foulée des quelques retardataires. Il s'installe encore une fois à bord d'un appareil aérien et dans la peau d'un autre individu : Peter Tuck, Anglais en balade autour du monde. Destination : Sydney, Australie !

Black Jack

TARD DANS LA SOIRÉE de ce lundi, Alex se rend à son travail à l'Institut national de génétique. Il quitte Tarzan sans enthousiasme pour aller promener sa vadrouille dans les laboratoires. Alex aurait tant voulu reparler avec Catou du jeton de casino. Sortait-il des poches de leur père ou de celles d'un autre ? De celles de Tom, par exemple ? Pour éviter une nouvelle confrontation, Catou est restée enfermée dans sa chambre toute la veillée. Son frère se doute de la vraie réponse et il lui en veut d'avoir probablement menti.

Une fois rendu à l'Institut, Alex ne peut résister à l'envie de retourner tout de suite au labo 307, sous prétexte d'y faire le ménage. Il y trouve encore Ted Marlow, le stagiaire de McGill. Un nouveau doute traverse son esprit. Serait-il amateur de casino ? Connaîtrait-il Tom ? Qui a eu l'idée de cette sortie du personnel au casino ce printemps ? Lui ou le technicien ?

— Tu as l'air surpris de me voir, déclare Ted. Tu comprends, je dois terminer ma thèse de doctorat. C'est incontournable pour ma carrière. En plus, j'ai à cœur de protéger ce qui nous reste de confidentiel. Ça devient inquiétant : après ton père, voilà Meg Blanchard écartée. Qui sera le prochain ? Moi ?

Alex joue le tout pour le tout.

— J'ai trouvé un jeton de casino dans le fauteuil de mon père après le vol. Penses-tu que ce jeton pourrait lui appartenir ? Paraîtrait que vous avez fait une sortie par là, ce printemps.

— Bordel ! Ton père ne s'est jamais rendu au casino. Les jetons, seules les personnes qui gagent en reçoivent. Et ils les payent. Le bandit doit l'avoir échappé. Les complices de ce gars-là se tiennent sans doute au casino.

— C'est ce que je pensais.

— Ça prend un mordu pour en garder dans ses poches. Ne cherche pas de vrais amateurs ici. Moi, je déteste le jeu. Seule la secrétaire avait joué au Black Jack et s'était vraiment amusée. D'ailleurs, c'était elle qui avait suggéré la sortie.

— Madame Poisson ?

Encore une fois, Ted lui paraît sincère et préoccupé par l'issue de l'affaire. Alex s'en veut de l'avoir questionné. Surtout pour entendre parler de la « truite saumonée ». Cependant, il est maintenant certain que son père n'a pas mis les pieds au casino. Le bidule trouvé sur la chaise ne lui appartenait pas.

— As-tu avisé la police des événements ? reprend Ted. Tu dois leur remettre le jeton au plus vite.

— La GRC ? C'est déjà fait.

— Excellent. Je dois partir. Tu me tiendras au courant.

— Promis ! dit Alex, d'un ton fébrile.

En prononçant le mot « GRC », Alex a vu resurgir à sa mémoire le visage des deux hommes venus arrêter son père. Lorsque Ted Marlow ferme la porte, bing ! le tableau est complet ! L'un de ces deux hommes était la personne au *tuxedo* aperçue au vernissage. Il en est sûr et certain. Que fabriquait cet officier de la Gendarmerie royale parmi la haute gomme ? Sortie mondaine ? Mission spéciale ? Meg Blanchard a été frappée, même s'il devait la protéger. Qui pourrait être l'auteur de l'attentat ? Un Chinois ? Et ce monsieur avec qui la chercheuse s'entretenait avant de partir, qui est-il au juste ? Malgré ses angoisses, Alex se retrouve au beau milieu de l'enquête, plus anxieux que jamais.

Pendant toute la nuit, il parcourt les laboratoires en se questionnant. Sans trouver de réponse. Il en oublie les instruments qu'il manipule, les petits animaux qu'il soigne. Dans l'animalerie près du labo du professeur Grignon, un ruissellement soudain le fait sursauter : un sirop noirâtre et gluant coule partout. Le contenu de son seau à lavage !

— Sarbacane d'enfer ! Chez « Grincheux » en plus.

En tentant de réparer son dégât, Alex ouvre accidentellement une cage à souris blanches. Une dizaine de rongeurs en profitent pour trotter dans le labo.

Le jour s'est levé depuis longtemps quand il peut enfin quitter l'Institut. Insensible à l'averse qui s'abat sur lui, il marche d'un pas mécanique jusqu'à l'arrêt d'autobus.

Arrivé à la maison, il croise Catou dans le couloir, déjà prête à partir pour la boutique de mode. La figure décomposée même sous un épais maquillage, sa sœur évite son regard. Alex comprend qu'elle nage en eaux troubles. Son gars s'est-il défilé ? Ou pire, aurait-il des liens avec des Chinois au Casino ? Il lui lance maladroitement :

— N'oublie pas ton parapluie ! Il pleut fort.

— La paix ! Je te l'ai déjà dit.

— On l'aura pas de sitôt.

Catou quitte la maison sans rien ajouter. Son frère gagne lentement sa chambre, les pieds lourds, le cerveau en ébullition.

« Black Jack… » Alex se tourne et se retourne dans son lit. Faut-il qu'il dénonce officiellement le *chum* de sa sœur ? Et à qui ? À la GRC ? Est-ce que son père en sera blanchi ? « Maudit Black Jack ! » répète Alex en rabattant les draps par-dessus sa tête.

Bataille pour la vie

L E LONG DE LA RUE BANK, à Ottawa, Catou marche vite. La boutique *Moda di Italia* où elle travaille n'ouvre qu'à dix heures le mardi. Elle s'en balance. Catou a besoin d'un refuge et elle aime bien cette boutique. Après une année de cégep, la jeune fille a préféré conserver cet emploi plutôt que s'initier au métier de laborantine à l'Institut. Ses sorties avec Tom n'ont guère aidé la cause de la science. Après l'avoir rencontré à la maison alors qu'il effectuait un contrat de restauration de vieux meubles, elle s'est jetée tête première à l'aventure avec lui. Tom l'a initiée à la vie nocturne : concerts, virées dans les bars et spectacles se sont succédé. Ses notes ont baissé et sa motivation aussi. Les sorties et la mode ont pris le dessus.

À la boutique, elle modèle de nouveaux vêtements qui sont ensuite mis en vente. Son élégance lui vaut des cachets intéressants. Elle peut se procurer des ensembles exclusifs. La clientèle qui achète des robes d'un soir lui plaît. Catou voit défiler à la boutique les épouses des ambassadeurs de pays étrangers, des artistes de la télévision ou du cinéma.

Aujourd'hui, des raisons différentes la poussent vers la boutique de mode. Elle fuit la réalité. Tom n'a toujours pas téléphoné. Catou craint le pire. Son copain flamboyant se transforme petit à petit en sombre pirate de l'info, agent d'espions qui menacent de détruire la carrière de son père. Un bandit qui, en plus, a raflé un précieux document dans le coffre-fort de la maison. Par sa faute à elle. Qu'avait-elle à lui parler de ce coffre-fort ? Comment a-t-elle pu se laisser berner ainsi ? Des attitudes suspectes de Tom la frappent maintenant de plein fouet. Elle n'a rien soupçonné avant New York. Rien de rien.

« Pourtant, je suis certaine qu'il m'aime ! » se dit-elle. Amère et remplie de tristesse, elle extrait un trousseau de clés de son sac afin d'ouvrir la porte arrière de la boutique. Sur son trousseau, elle aperçoit la clé du studio de Tom. « Si j'allais chez lui ? » se demande-t-elle, déchirée. Après une courte réflexion, Catou rejette cette idée. Elle n'en possède pas la force.

Lorsque sa patronne entre à son tour, elle trouve Catou livide, assise sans bouger au milieu des vêtements à étiqueter pour les soldes d'été. Les tissus colorés ne l'ont pas distraite de ses préoccupations. Au contraire, Catou a chuté aux enfers. La situation a rejailli dans toute son horreur. Ses pensées se bousculent, s'entre-croisent, l'étouffent. Innocente et égoïste, voilà comment elle est. Elle s'en prend à elle-même autant qu'à Tom. En sortant avec lui, elle a trahi son père. Jérôme ne méritait pas ça. Sa mère non plus, ignorante du drame. Avec un tel crime sur la conscience, elle doit vite les débarrasser et en finir pour toujours. Pourquoi vivre dépouillée de tout, même de l'honneur?

La dame parfumée s'inquiète de son jeune modèle. Elle n'est pas sans ignorer l'arrestation du père de Catou ni les soupçons qui pèsent sur lui.

— Ma gazelle! s'écrie la dame en la serrant dans ses bras. Le papa n'a pas été relâché? *Orribile*! Tu peux prendre congé aujourd'hui.

— Christina! Je veux mourir.

— Pauvre *bambina*! Il ne faut pas te décourager. Le papa va revenir. Une minute, je te prépare un cappuccino.

Les colliers de la grasse personne balancent et s'entrechoquent pendant qu'elle s'affaire auprès de la machine à café. Elle ne peut s'empêcher de s'inquiéter pour son commerce. Comment garder une fille aux yeux bouffis auprès de ses distinguées clientes, une fille qui parle de mort, en plus? Elle s'efforce de la réconforter tout en songeant à l'expédier gentiment dès l'ouverture du magasin. Christina s'attend à une affluence à cause des soldes d'été. Elle ne veut pas rater cette occasion. En versant le café dans les tasses, elle récite mentalement sa liste des filles disponibles.

– Tiens, ça va te remettre. Veux-tu la *barba* au chocolat ou à la cannelle ?

– Au diable la barbe ! Je me déteste. Tu ne peux pas savoir ce qui m'arrive. C'est épouvantable ! To…

Elle ravale le nom de son copain en même temps qu'elle ingurgite la moitié de la boisson chaude. À demi ébouillantée, l'estomac en chamade, elle s'enfuit vers la toilette où elle vomit café, déjeuner et douleur. Lorsqu'elle réapparaît dans l'arrière-boutique, Catou tient à peine sur ses jambes. Sincèrement émue cette fois, la bonne dame s'empresse de l'inviter à se reposer.

– Étends-toi dans le coin là-bas, sur les coussins. *Mia bambina !* Je dirai à la couturière que tu es malade. Tu partiras quand tu voudras.

Moins d'une heure plus tard, Catou retrouve l'énergie de se glisser discrètement dehors. L'effervescence de Christina et de ses clientes a fini par peser plus lourd que la situation réelle. Elle s'est souvenue de la promesse faite à son père. Coûte que coûte, elle doit prendre des nouvelles de Meg Blanchard à l'hôpital. Ensuite, communiquer avec Jérôme en dépit de tout. Catou se raccroche à cette mission, si petite soit-elle, pour mettre un pied devant l'autre et avancer dans la rue. Après sa visite à la femme de science, elle décidera de son avenir.

À l'hôpital, on lui annonce que la patiente se trouve aux soins intensifs et que les visites sont interdites, sauf pour les proches. Catou argumente, joue la carte de la fille du professeur de l'Institut, incapable d'accourir lui-même au chevet de son assistante aimée. Finalement, on lui accorde la permission de la voir quelques minutes.

Catou pénètre dans la salle des soins intensifs, le cœur broyé de chagrin. Le spectacle de cette femme alerte et brillante, plâtrée, branchée à toutes sortes d'appareils, la détruit. Au moment où elle pense s'écrouler, Meg Blanchard ouvre les yeux, la regarde intensément et lui sourit. Elle a reconnu la jeune fille. Catou s'approche, subjuguée. La chercheuse rassemble toute la force et l'éveil dont elle dispose pour lui murmurer :

– Jérôme a besoin... il t'aime... étudie...

Meg Blanchard abaisse ensuite les paupières et se concentre sur la délicate entreprise de sa survie. Sa respiration est faible, mais régulière. Contre toute attente, elle a repris connaissance et son corps s'est engagé dans une bataille pour la vie.

Catou se met à pleurer. Sans honte et sans plus de désespoir. Cette femme courageuse lui insuffle une nouvelle motivation. Meg lui a rappelé que son père l'aime. Le point capital. Elle n'a pas voulu le trahir et elle saura se battre, elle aussi. Plus question de mourir ni d'abandonner quoi que ce soit. Elle deviendra quelqu'un. Des études, elle en poursuivra aussi longtemps qu'il le faudra. Un jour, Jérôme sera fier d'elle.

La jeune fille s'éloigne du lit à pas de loup. Avant de sortir, elle jette un dernier regard sur la malade. Soudain, Meg Blanchard dresse la tête et se met à crier :

— Bird! Non, non!

La présence de la fille du professeur Lambert vient de déclencher l'éveil total de sa mémoire. Les yeux dilatés, la chercheuse revit ses dernières heures avant l'accident. Elle se revoit le jour du vernissage, troublée par une découverte intempestive effectuée juste avant de quitter son logement. Sous la fenêtre empruntée deux jours avant par le cambrioleur, traînait une carte d'affaires des *Rénovations royales*, à demi enfouie sous un tapis. L'automne dernier, l'ébéniste de cette entreprise lui avait chaudement été recommandé par le directeur de la galerie d'art en personne. En toute confiance, elle l'a embauché pour la réfection de ses armoires de cuisine. La chercheuse avait à son tour conseillé le même artisan au professeur Lambert pour la restauration d'antiquités.

Après le vernissage, en regagnant sa voiture, Meg Blanchard était profondément ébranlée. Le distingué John Bird, directeur de la galerie Blue Dragon, l'avait ignorée quand elle a tenté d'obtenir des renseignements précis sur Tom Potvin des *Rénovations royales*. Cet ébéniste serait-il un escroc? Ou pire? Assaillie de soupçons, la chercheuse n'a guère porté attention au véhicule qui démarrait derrière le sien. À la minute où elle prenait son cellulaire et la direction des bureaux de la GRC, un choc terrible est survenu : un chauffard venait de frapper sa Corolla. Ces instants d'horreur lui reviennent brusquement à l'esprit et la font trembler de stupeur. Une infirmière se précipite à son chevet.

Sidérée, Catou répète « Bird », sans comprendre. L'infirmière administre un sédatif à sa
patiente trop agitée. Sous l'effet du médica-
ment, Meg Blanchard s'apaise peu à peu. La
jeune fille n'a d'autre choix que de s'effacer
afin de permettre à la femme de science de
récupérer.

Sydney, Australie

L OGÉ DANS UN SOUS-SOL de Sydney, en Australie, Tom caresse les touches de l'ordinateur du pirate qui l'accueille. Il n'a pas la permission de sortir. Ce serait trop dangereux. Ces Chinois sont puissants. Sans parler de la police de New York, beaucoup trop efficace en matière d'identification de corps. À peu près enterré dans un quartier où ne circulent ni kangourous ni koalas, Tom devient de plus en plus morose. Il n'a droit qu'aux rumeurs de la ville, perçoit des bruits de camions, de voitures, de motos, devine le mouvement des passants. Les doigts sur le clavier, il réfléchit sans rien taper.

Catou finira par découvrir son crime. Elle le détestera en raison du tort qu'il a causé à son père. Pourtant, ce n'est pas lui qui a tout manigancé. Il ignore l'identité de l'auteur du complot. Tom n'a pris que l'initiative des cambriolages. Des cambriolages qui ont beaucoup inquiété monsieur Tchang. Au point qu'il l'a expédié à New York avec sa prise. Maintenant en exil, Tom se morfond.

Il quitte un instant l'ordinateur pour se verser un grand verre de lait. En marchant vers la fenêtre basse donnant sur une cour de ciment, il se retrouve face à face avec un petit chat gris. Le chat, aussi étonné que lui, soulève le dos et la queue, le corps en état d'alerte. Ses yeux jaunes le fixent avec curiosité. D'un geste vif, Tom ouvre toute grande la fenêtre et saisit le chat.

– Viens te réchauffer ! C'est le monde à l'envers ici, en août on gèle, en février on sue. Mais je crois bien que tu es une demoiselle ! Tu veux du lait ? On va partager. Tiens, en voici dans une soucoupe.

La chatte ne se fait pas prier pour finir le lait et se blottit ensuite dans un chandail posé sur la table de l'ordinateur.

– Pas très propre, ce que je fabrique sur ce genre d'appareil. Toi, tu t'en fous au moins ! Ta visite me donne une idée. Je connais une autre demoiselle qui souffre à cause de moi. Tu comprends, je suis un malfaiteur sensible aux chattes.

Tom se rassoit devant la machine et tape rapidement un message. Il ne l'enverra pas, mais rien ni personne ne peuvent l'empêcher de l'écrire.

« Cat, mon amour. Je t'ai fait du mal. Pardonne-moi. Je souffre autant que toi. Si je réussis à m'en tirer, je te promets de changer de vie. Plus tard, je ferai le tour de la planète pour te retrouver. En attendant, va au studio vérifier le courrier. Je t'aime. »

Quand Tarzan rage

QUATRE HEURES de l'après-midi dans la maison du professeur Lambert. Tout est calme. Sauf le chien, qui ne cesse de réclamer la porte. Alex vient de s'éveiller et l'ignore. Lentement, il s'habille en se promettant une seule et unique sortie : visiter la clinique vétérinaire et parler à Marie-Jo. Après, il réfléchira aux autres démarches à entreprendre. Tarzan saisit son maître par le jean et lui indique de nouveau la porte.

– Compris ! Je prends une bouchée et je t'emmène dehors pour un petit tour de parc.

Quinze minutes plus tard, un blouson jeté à la hâte sur son dos, Alex s'engage avec le chien sur le trottoir. Une fois au bout du parc, la pluie s'intensifie. Le garçon décide de couper court à la promenade.

– Tarzan ! À la maison. Go !

Le chien ne l'entend pas de la même oreille. Il vient de repérer une odeur insolite dans un énorme contenant vert devant le garage d'une maison. Une maison où l'on effectue d'importants travaux de rénovation. L'odeur paraît tout à fait attrayante. Tarzan s'agrippe de toutes ses forces au conteneur à déchets de construction et jappe à pleine gueule.

— Qu'est-ce qui t'arrive ? demande Alex, impatienté. Tu vas t'épuiser. C'est juste des déchets, *ouache* ! Tarzan, vite, on rentre !

Après un échange animé, le chien gronde et s'entête à demeurer sur place. Alertés, les propriétaires de la maison viennent trouver Alex. Ils connaissent le chien des Lambert et savent qu'il n'est pas méchant. Toutefois, ils s'inquiètent devant ses grondements sourds.

— Écoute, Alex, dit l'homme, ramène ton chien. On n'aimerait pas qu'il arrive malheur aux enfants. Peut-être qu'il a attrapé la rage.

— Voyons donc ! Un bandit l'a empoisonné et il vient tout juste de se rétablir. On dirait qu'il en veut à quelque chose à l'intérieur de votre conteneur.

— Les débris de nos vieux murs de salons ? Peu probable. C'est un bac des *Rénovations royales,* il ne nous appartient même pas. Écoute, Alex, arrange-toi pour décoller ton chien de là. On craint pour les enfants.

Alex réfléchit tout en flattant Tarzan derrière les oreilles pour le calmer. Sa colère lui rappelle le jour où le chien avait chassé une armée de mulots du garde-manger au chalet.

— D'après moi, Tarzan a repéré un animal ou une pièce intéressante là-dedans. Ça m'intrigue. Vendredi dernier, quelqu'un est entré chez nous et l'a attaqué. On a foutu mon père en prison. Vous avez dû lire l'histoire dans les journaux. Ça va mauditement mal chez nous. Laissez-moi au moins regarder dans votre conteneur !

La femme paraît touchée par le ton d'Alex. Parapluie en main, elle s'avance vers le bac.

— Si ça peut te contenter, jette donc un coup d'œil à l'intérieur.

— Faudra que tu répares le dégât après, ajoute l'homme. Mes gars ne sont pas payés pour ça. Je t'apporte un escabeau.

— Pourriez-vous ramener de l'eau à mon chien en même temps ?

Satisfait de voir Alex s'intéresser lui aussi au conteneur des *Rénovations royales,* Tarzan s'assoit sur son derrière, apaisé, la langue pendante. Lorsqu'une dame dépose un bol d'eau devant lui, il en boit le contenu d'un trait. De son côté, Alex ne fait ni une ni deux et grimpe dans l'escabeau. Un autre voisin, attiré par les jappements, lui tend des gants épais et une pelle.

— Un instant, je m'en vais t'aider ! Je reviens avec plus d'équipement.

Alex soulève le couvercle du conteneur et dégage quelques gros débris qu'il jette par terre. Avec la pelle, il fouille ensuite dans les morceaux de plâtre, planches à clous et divers matériaux. Son instrument rencontre soudain un bout dur.

— Avez-vous jeté un objet de métal là-dedans ?

— Jamais !

Avec l'aide du voisin aux gants, Alex commence à pelleter vigoureusement les déchets hors du bac, s'efforçant de dégager l'objet dur. L'homme s'écrie tout à coup :

– Un fusil. Batèche ! un vrai fusil de chasse !

– Le fusil de mon grand-père ! s'exclame Alex, rouge et surexcité.

– Attention ! crie le voisin. N'y touchez pas, ça revient à la police.

– Je leur téléphone tout de suite, réplique Alex. Après, je nettoierai votre entrée de garage. Par ici, Tarzan. Beau travail. À la maison !

Cette fois, le chien veut bien retourner chez lui. Il devance son maître en gémissant doucement. Les propriétaires de la maison, ébranlés par l'incident, proposent de s'occuper du nettoyage, peu importe le coût. La femme invite même Alex à manger chez eux pour souper.

– Merci beaucoup ! crie Alex en s'éloignant au galop avec Tarzan.

Quand les deux compères entrent dans la cuisine, ils perçoivent tous les deux la présence de Catou : un foulard sur la table, une voix à l'étage.

– Chut ! dit Alex qui tend l'oreille tout en servant un repas au chien.

Catou a regagné la maison pendant que son frère discutait avec les voisins. Chavirée par sa visite à l'hôpital, elle n'a prêté aucune attention à l'attroupement dans la rue. Elle avait juste en tête de prendre un peu de repos. Le téléphone s'est mis à sonner comme elle montait à sa chambre : son père était au bout du fil. La jeune fille s'est immédiatement mise à table : des excuses, elle lui en devait, et beaucoup. Du moins, elle l'estimait ainsi et se sentait prête à s'expliquer avec Jérôme. À son étonnement, le chercheur était déjà au courant du rôle de Tom Potvin dans la fuite de ses documents.

— Jérôme, papa de mon cœur, pardon, cent mille fois pardon !

— Ma belle Catou, je te pardonne. On fait tous des erreurs. Moi-même, j'ai trop parlé. J'aurais dû être plus prudent.

— Je m'en veux tellement d'être sorti avec Tom.

— C'était un garçon charmant, il t'a enjôlée. Tu as la vie devant toi, tu peux te reprendre.

— Je vais essayer. Depuis la fin de semaine, je suis complètement à l'envers.

— J'ai confiance en toi, Catou. Tu es une fille courageuse. Ce qui me chagrine dans cette triste affaire, c'est le retard dans l'application de mes découvertes aux humains. Les premiers essais donnaient d'excellents résultats. Je persiste à croire que les escrocs, les copieurs seront démasqués et punis.

— Tu vas sortir de prison bientôt ?

— Je ne sais plus trop quand. Hier, le procureur a décidé que je devais rester à l'ombre jusqu'au procès. Les gens autour de moi sont vagues, comme si j'avais machiné le vol et la fuite de Tom. Paraîtrait qu'il a disparu en Amérique du Sud.

— Je ne veux pas en entendre parler.

Catou étouffe. Tommie en Amérique du Sud ? Au bout du monde ? Sans lui donner le moindre signe de vie. Injuste ! Ne sachant plus si la colère ou le chagrin l'emporte en elle, Catou se met à pleurer à chaudes larmes. Alex, qui vient de se poster au pied de l'escalier, comprend que la marmite est en train de sauter. Au bout du fil, leur père, infiniment malheureux, tente d'apaiser sa fille de son mieux.

— Catou, ma grande fille… s'il te plaît… on efface tout… et puis ce n'est pas ta faute…

Avec effort, Catou parvient à retrouver la suite de ses idées.

— J'ai une nouvelle pour toi : Meg Blanchard a repris connaissance. Je suis allée la voir. Elle… elle pense à toi bien fort.

— Euh ! Tu étais au courant…

— J'avais deviné. Je l'aime bien. Elle devrait s'en remettre.

— Ça, on ne m'en a rien dit.

— Même affaiblie, elle m'a parlé. Au fait, connais-tu quelqu'un du nom de Bird ? Elle a crié ce nom dans un état de panique.

— C'est un ami de Meg.

— Quel ami ?

— Un ami du milieu des arts. Est-ce qu'elle a dit autre chose ?

— Non, mais je suis convaincue qu'elle va survivre.

— Merci pour la visite. On doit se tenir ensemble. Très droit. Ne pas démissionner. Je dois te quitter maintenant. On écoute tout ce que je dis, mais ça n'a guère d'importance. Je n'ai rien à cacher.

— On en est tous convaincus. Bonsoir, p'pa !

Alex s'éloigne de l'escalier fort perplexe. « Bird ? Meg Blanchard aurait crié ce nom ? Étrange. » Il se demande qui peut être cet oiseau de malheur. Serait-ce l'homme élégant que l'assistante de son père saluait avant de partir ? Ou quelqu'un d'autre ? Étant donné l'effondrement de Catou, Alex n'ose bouger de la cuisine. Quand sa sœur descend chercher un verre d'eau, il laisse juste filer :

— Tarzan a retrouvé le fusil de grand-père Mathieu ! J'ai besoin du téléphone.

— Tu peux prendre la maison au complet. Je débarrasse la place. Jérôme est au courant de tout, si tu veux savoir.

— Aïe ! On peut se parler…

— Pas maintenant !

Catou disparaît dans sa chambre et Alex saisit la carte de l'agente de la GRC en serrant les dents. Les gendarmes auront tôt fait de libérer leur père après la découverte du fusil. À sa déception, Kim Vollant n'est pas disponible. Elle lui promet que d'autres agents se mettront en route dans les plus brefs délais.

En attendant leur arrivée, Alex s'installe dans le salon avec sa guitare et son chien. Il a manqué son rendez-vous à la clinique, mais au moins, Jérôme sortira de prison. La visite à Marie-Jo attendra à demain. Sans doute, elle acceptera de l'écouter. Des accords vibrent par toute la maison quand deux agents arrivent. Des inconnus qui le prennent plus ou moins au sérieux.

– Ta découverte est-elle vraiment importante ? demande l'un d'eux.

– Mon chien en est convaincu. Le voleur du
fusil l'a attaqué et nous a volés.

Alex accompagne les agents jusqu'au bout
de la rue et leur montre le conteneur à déchets.
Ils ont tôt fait d'en extraire le fusil et en plus, à
la surprise générale, une paire de gants jaunes !

– Le bandit va se faire pincer, déclare le
propriétaire de la maison.

Alex a reconnu les gants. Il les a déjà vus
dans les mains de quelqu'un. Quelqu'un proche
de sa famille : le *chum* de sa sœur !

Les agents repartis, il retourne chez lui où
Tarzan l'accueille en sautant de joie.

– Toi, tu es tout un chien policier, mais on
n'a pas fini d'avoir du trouble dans la famille.

Dehors, un bruit insolite capte son attention. Il se penche à la fenêtre et aperçoit la
voiture de son père reculer dans la rue. Catou a
quitté la maison, seule à bord de la Buick.

La gendarme à lunettes
sur la sellette

*L*ES *RÉNOVATIONS ROYALES* ne passionnent pas seulement Tarzan cet après-midi-là. Kim Vollant a rencontré le patron de l'entreprise et s'attaque ensuite à l'étude des factures et carnets de commandes du commerce.

La gendarme Vollant s'étonne du fait qu'elle soit la première à se livrer à une enquête aussi poussée. Du moins, le patron de cette entreprise florissante le prétend. Interrogé sur son ex-employé Tom Potvin, l'homme n'a eu que des compliments à formuler. Un talent exceptionnel en ébénisterie, un gars responsable et consciencieux, toujours poli avec les clients. Un employé impeccable.

— J'ai obtenu des contrats supplémentaires grâce à lui, a-t-il ajouté.

— Je pourrais consulter vos livres ?

— Aucun problème.

L'homme d'affaires était visiblement déçu malgré sa réponse empressée. Il craignait qu'une nouvelle intervention de la police nuise à son commerce ou à lui-même. Avec le premier enquêteur, tout s'était passé correctement même si des papiers avaient disparu de sa pile de factures. L'officier lui avait recommandé de ne parler à personne de Tom Potvin, ni de ses talents autres que la menuiserie et l'ébénisterie. Et le lendemain, un inconnu s'était présenté avec une somme rondelette en lui recommandant le silence, « pour le bien de tous et de l'enquête ». Le commerçant ne voulait pas se trahir, mais devant l'insistance de cette agente à grosses lunettes, il a ressorti ses papiers. Un refus aurait été suspect et il n'avait vraiment rien d'important à se reprocher.

L'agente scrute et compare les entrées de commandes avec les copies de factures acquittées. Elle constate que les factures sont beaucoup moins abondantes en novembre. Pourtant, avant Noël, les activités de rénovation n'ont pas tendance à ralentir. Bien au contraire. Kim Vollant poursuit son investigation en examinant les carnets des mois précédents. Elle découvre soudain un nom à demi effacé qui ressemble fort à « Blue Dragon ».

Serait-ce la célèbre galerie d'art de la rue Sussex ? Tom y aurait-il travaillé ? Avec sa loupe, elle parvient à déchiffrer un autre nom rayé au crayon : « Tchang. » Un Chinois aurait donc transigé pour la galerie d'art. « Qu'est devenu cet individu ? se demande Kim. Et si le nommé Tchang était amateur de casino et de gros sous ? » Elle parierait une boîte de réglisses que ce Chinois a joué un rôle important dans l'embauche de Tom pour des opérations illégales et autres. Il aurait pu diriger Tom vers des sites précis, à la fois pour craque de système informatique et travaux de rénovation. Par exemple, lui suggérer un itinéraire passant par le laboratoire du professeur Jérôme Lambert et la cuisine de l'artiste chercheuse Meg Blanchard.

L'agente jubile en son for intérieur. On tentait de lui cacher quelque chose. Elle se propose de vérifier immédiatement si la galerie d'art du *Blue Dragon Studio* a fait l'objet de travaux de rénovation l'année précédente. Kim Vollant remet en ordre tous les papiers et retourne saluer le patron, occupé avec deux clients.

– Tout est régulier ! Merci bien.

– Revenez quand vous voudrez.

– Entendu.

L'agente descend l'escalier des *Rénovations royales* et monte dans sa voiture, le sourire aux lèvres. Dans son rétroviseur, la voiture grise juste à l'arrière lui semble tout à coup familière. La même voiture la suivait durant le trajet allant de son bureau aux *Rénovations royales*. Serait-elle surveillée ? Par mesure de prudence, elle effectue quelques rapides virages avant de reprendre la direction de la galerie. Un nom ne cesse de revenir dans ses pensées : Vic Cramer, son supérieur, l'officier responsable de l'enquête. Aurait-il quelque intérêt à omettre des vérifications ? L'agente repousse cette hypothèse. Son patron possède une solide réputation.

Peu plausible qu'il ait fermé les yeux sur un sale complot.

Lorsque Kim Vollant pénètre au *Blue Dragon Studio*, des clients entourent le comptoir. Discrètement, l'agente se dirige du côté de la galerie. Tout y est impeccable et du meilleur style. Un dépliant annonce l'exposition en cours. Elle en prend copie et commence à faire le tour des tableaux. Un employé circule parmi les visiteurs. D'un ton indifférent, l'agente Vollant s'enquiert auprès de lui des réaménagements récents à la galerie d'art.

— En effet, nous avons effectué d'importants travaux l'automne dernier. Maintenant, nous pouvons offrir plusieurs expositions en même temps. Nous en sommes très fiers.

— Connaissez-vous le responsable de ces superbes rénovations ?

— C'est un architecte distingué, un monsieur d'origine chinoise, mais j'ignore son nom. Désolé.

— De rien. Merci.

Kim Vollant poursuit sa visite en même temps qu'un groupe de dames anglaises. Elle quitte ensuite les lieux avec une intention précise : effectuer une recherche sur le propriétaire de cette galerie prestigieuse et mettre la main au collet du nommé Tchang.

À vingt et une heures, encore derrière son pupitre, Kim Vollant avale une ultime réglisse noire. Ses recherches l'ont tellement passionnée qu'elle n'a pas bougé de son siège depuis sa sortie.

Le patron de la galerie, John Bird, serait aussi propriétaire d'une galerie célèbre à New York. Originaire de Durham, en Angleterre, cet homme a résidé à Hong Kong durant cinq ans avant de s'établir au Canada. Curieusement, cette période coïncide avec une mission de l'officier Vic Cramer dans cette ville, pour le compte des Services secrets. La jeune agente se propose d'entrer dès demain en communication avec un de ses oncles, lui-même officier de la GRC, toujours en poste à Hong Kong. Son opinion pourrait lui être d'un énorme secours.

La plus excitante des découvertes de Kim Vollant se rapporte aux investissements de John Bird. Le patron du *Blue Dragon Studio* aurait investi d'importantes sommes dans le laboratoire qui a doublé les recherches du professeur Lambert. Les parts en bourse de la compagnie *Ying Labs* ont récemment grimpé, pour le bénéfice de ses actionnaires, y compris John Bird. Le succès du laboratoire chinois a donc enrichi l'homme et doit lui tenir fort à cœur. Quand on a sous la main une artiste, chercheuse dans un laboratoire réputé de génétique, l'ambition peut conduire à toutes les manigances. « Sans doute, pense l'agente, a-t-il encouragé son ami Tchang à exploiter au max les talents de Tom Potvin, l'ébéniste *hacker*. » Curieusement, cet individu chinois a disparu et pourrait avoir quitté le pays. Personne ne répond à son appartement meublé et le téléphone est coupé.

Les enquêteurs ont cependant retrouvé chez Tchang une liste de noms de patients traités par le professeur Lambert. Cette liste confirme l'implication de l'homme dans le complot dirigé contre le généticien.

Quant à Tom Potvin, l'agente a appris sa fuite réussie. Cette disparition risque d'inquiéter beaucoup de monde, et pas seulement la police. Ce garçon doit en savoir trop long. Des gens doivent surveiller de près ses moindres gestes. Un pirate amoureux risque de se trahir et de mettre sa compagne en danger. Kim Vollant se promet de ne rien négliger pour assurer la sécurité de Catou Lambert et dépêche une agente de ses amies près de la maison des Lambert.

La gendarme se décide enfin à ranger ses dossiers. Elle repousse son fauteuil et exécute quelques séquences d'aïkido, histoire de s'entraîner un peu. Le téléphone l'interrompt en plein milieu d'un mouvement : la fille du professeur a quitté la maison en voiture.

— Quoi ! Partie chez Tom Potvin ? Appelle du renfort et surveille-la. Toute la nuit et demain matin aussi.

L'escapade de Catou Lambert l'horripile. Elle avait prévu que la jeune fille passerait par là, mais pas cette nuit. Kim Vollant craint d'autres visites au studio du pirate. Ce local risque d'attirer des têtes fortes et curieuses, même s'il a été ratissé et le matériel informatique de Tom, confisqué par la GRC.

L'agente soupire, saisit son ordinateur portatif et s'apprête à quitter la pièce. En ouvrant la porte qui donne sur le poste principal, elle aperçoit une affiche épinglée juste derrière.

« Mêle-toi de tes oignons si tu tiens à ta peau ! »

– Ordures ! s'exclame-t-elle.

Elle vient de recevoir confirmation qu'elle est sur la bonne piste. Kim Vollant se promet que les hommes de Bird et compagnie n'auront ni sa peau, ni ses grosses lunettes ! Du moins, pas tout de suite. Elle referme sans bruit la porte de son bureau et revient à l'intérieur le plus discrètement possible. Laissant les lumières allumées pour faire croire qu'elle travaille encore, elle pénètre dans un faux placard qui la mène dans le couloir de l'immeuble adjacent. Cette sortie secrète, l'agente y tenait, et elle n'avait rien coûté, ou presque. Elle avait simplement fait masquer la deuxième porte. Ce soir, elle se félicite de son initiative.

Kim s'engage rapidement dans le couloir qui mène vers une sortie secondaire dans la rue transversale, qu'elle franchit à grands pas. De l'autre côté de la rue, elle entre dans un hôtel modeste où elle réserve une chambre pour la nuit. Cette échappée, l'agente l'avait déjà imaginée et s'était même offert un verre de vin au restaurant de l'hôtel, un soir où la tension était forte. Elle ne croyait pas s'en servir aujourd'hui.

La patronne l'accueille aimablement. À sa demande, elle installe l'agente dans une chambre avec vue sur la rue principale, la rue du poste de la gendarmerie. Kim s'empresse de brancher son ordinateur. Un œil à la fenêtre, l'autre sur son écran, elle tape un long message codé à l'intention de son oncle, aux Services secrets du

Canada à Hong Kong. En plus de lui demander de compléter ses recherches, elle le prie d'entrer en communication à Ottawa avec quelqu'un de plus haut placé que l'officier Vic Cramer.

Dehors, tout est calme. L'agente n'observe aucun mouvement suspect. Vers minuit, elle téléphone à cette autre agente qui fait le guet avec un collègue près de l'appartement de Tom. Rien à signaler. La jeune fille est restée sur place pour la nuit. La gendarme s'accorde enfin quelques heures de repos.

Poste secrète

MERCREDI MATIN, Catou se réveille en sur-
saut dans le studio de Tom. Déjà huit
heures et demie. La veille, elle s'est évertuée à
chercher des indices du sale métier de son ex-
copain. Elle a fouillé toutes les armoires et tous
les placards. Aucune trace d'activités de piratage. Catou n'a trouvé qu'un paquet de disquettes non ouvert. Enroulée dans la robe de
chambre de Tom, elle s'est mise au lit en pestant
contre son ex-copain. Tom se balade autour du
monde avec un magot d'argent pendant qu'elle
souffre. Le monde entier est au courant de ses
méfaits. « Sauvage ou inconscient ? » s'est-elle
demandée durant des heures. Au petit matin,
résolue à rayer Tom définitivement de sa mémoire, elle a trouvé un peu de sommeil. Maintenant, malgré sa fatigue, elle doit se hâter si elle
veut arriver à temps à la boutique *Moda di
Italia*.

Au même moment, Kim Vollant reçoit un appel dramatique. On lui apprend que des bandits ont saccagé son bureau durant la nuit ; les classeurs sont défoncés, les tiroirs de pupitre renversés sur le plancher. Un des bandits a été arrêté, un individu avec un dossier criminel. L'agente de la GRC n'est pas surprise. Elle s'y attendait. Cette attaque aurait pu être beaucoup plus violente et même fatale. Elle vérifie son courrier électronique. Déjà à l'œuvre, son correspondant de Hong Kong a remonté plus haut la filière de Bird en territoire chinois. Il a aussi alerté un autre expert de la GRC à Ottawa, en poste dans un service différent de celui de Vic Cramer. Pour les communications, il la prie de n'utiliser que le code le plus complexe, l'écoute électronique devenant de plus en plus subtile. Surtout lorsqu'il s'agit de mafia chinoise. Tout semble en place pour clarifier le rôle précis du magnat des arts John Bird dans la recherche médicale. Vic Cramer sera déjoué en douce.

L'agente pousse un soupir de satisfaction. Cette histoire représente un gros défi pour sa jeune carrière.

Autre coup de téléphone cellulaire : les agents de garde à l'appartement de Tom Potvin ont détecté d'autres observateurs insolites. Deux personnes d'origine asiatique, à bord d'une BMW, attendent depuis déjà quinze minutes en face de l'appartement.

– J'arrive ! lance Kim en glissant son arme dans le revers de sa veste.

Elle quitte aussitôt la chambre. Son intuition lui commande d'être présente en personne. Que viennent comploter ces individus ? Attaquer la fille du professeur ? La kidnapper ?

Afin de quitter plus vite cet appartement de malheur, Catou n'a procédé qu'à une toilette sommaire. Elle n'a même pas exploré le frigo, dégoûtée de l'environnement.

— Tommie, adieu pour toujours ! dit-elle en sortant dans le corridor.

Catou aperçoit alors un homme qui monte l'escalier extérieur avec son sac de courrier. Le facteur ! Elle s'élance, mais n'a pas le temps de le rejoindre. Deux hommes l'ont déjà intercepté et le forcent à entrer avec eux dans l'immeuble. À la pointe d'un couteau, ils lui demandent de leur remettre le courrier du 105. Catou pousse un cri et retourne vers le logement. Un des deux hommes l'a aperçue. Il marche dans sa direction. Au même moment, l'agente Vollant accourt sur les lieux. Un coup de feu retentit et l'homme roule par terre, atteint à une jambe. Le deuxième homme, qui tentait de fuir, est cueilli à l'extérieur par les deux agents de police.

Kim Vollant se penche vers l'homme qui grimace de douleur. Ce dernier réagit brusquement par une prise qui fait chuter son adversaire. Souple comme un chat, l'agente lui rend son attaque et le colle au plancher. Cette fois, l'individu est inconscient. Kim s'empresse de lui passer des menottes et extrait les papiers de ses poches de pantalon : un billet d'avion pour New

York, un passeport au nom de Jim Wong et un trousseau de clés. Dans une poche arrière, elle trouve cette fois un passeport au nom de Len Tchang!

— Enchantée, cher ami! murmure l'agente.

De la veste de l'individu, elle retire une carte d'affaires d'un magasin de papeterie et de matériel électronique. Un numéro de téléphone est griffonné à l'arrière. L'agente lève les sourcils derrière ses grosses lunettes.

Catou, accrochée à la porte du studio, a vu une pochette tomber sur le sol. Elle y reconnaît l'écriture de Tom et des timbres américains.

— Tommie! dit-elle en saisissant l'enveloppe à bulles, format disquette.

— Désolée, tu dois me remettre le courrier, déclare l'agente qui reprend la pochette. Je t'informerai plus tard. Attends-moi dans le studio. J'ai des appels urgents à faire.

Kim Vollant prévient le service ambulancier, puis elle communique avec la GRC, bureau de Patrick Lagacé. On lui accorde une attention particulière et l'officier, tout de suite en ligne, la rassure quant à « la confection du gâteau d'anniversaire », code pour référer au plan de contre-espionnage. D'autre part, il attend le « cadeau » avec la plus grande impatience, ce cadeau étant la disquette de Tom. L'agente lui communique aussi de manière voilée sa prochaine destination : le magasin d'articles électroniques.

Des voisins de palier, affolés par le bruit et les coups de feu, viennent aux nouvelles. Les agents leur ordonnent de rentrer chez eux ou de circuler.

À l'intérieur de l'appartement, Catou tremble de tout son corps. Ainsi, Tom s'est envoyé à lui-même du courrier de New York. Une disquette en plus ! Quelle sorte de disquette ?

— Ça m'est égal ! s'écrie-t-elle d'un ton rageur.

— Excuse-moi de t'avoir bousculée, dit l'agente en entrant dans la cuisine où Catou s'est réfugiée. Tu nous as mis sur une excellente piste, même si tu m'as beaucoup inquiétée. Ces deux individus vont aider la cause de ton père. Je t'en fais la promesse. Au fait, je suis certaine qu'il sera libéré très prochainement.

— La ... la disquette ?

— Après examen par des spécialistes, je t'en reparlerai. Ton ami semble rendu loin. Plus loin que l'Amérique. Évidemment, un mandat d'arrestation a été émis contre lui. La police internationale s'occupe du cas.

— Je ne veux plus rien savoir de lui.

— Excuse mes propos de gendarme, c'est une habitude ! Un agent va te reconduire chez toi dès que possible.

— J'ai l'auto de mon père.

— Donne-moi les clés. On s'en occupe aussi.

La chatte voyageuse

DE L'AUTRE CÔTÉ DE LA TERRE, une chatte grise se lance à l'aventure. La fenêtre est restée ouverte. Pas beaucoup, mais assez pour qu'une chatte délurée s'y faufile. Son nouveau maître s'est endormi, la tête sur une feuille de papier imprimé. Elle saute sur le pavé, et hop ! en chasse !

Lorsque Tom se réveille, il cherche du regard sa nouvelle conquête : disparue ! Frustré, il froisse entre ses doigts le message d'amour tapé pour Catou et enfile son chandail. Malgré l'interdiction de bouger, il part à la recherche du petit animal autour de l'immeuble. Il se rend dans la cour, face à sa fenêtre, revient en avant, rien. Une odeur de saucisses grillées vient chatouiller ses narines. Oubliant perruque et camouflage, il marche la distance d'un bloc ou deux, jusqu'au restaurant d'où émane cette odeur alléchante. Tom reste quelques minutes en contemplation

135

devant les grillades et tourtières de viande servies aux clients de Sydney. Il se résigne ensuite à regagner son « trou ».

En revenant, il croise un individu d'origine asiatique qui le dévisage longuement. Tom presse le pas. La personne semble entrer dans un immeuble et s'éclipse. Une fois débarrassé du personnage, Tom emprunte un passage près de son logement pour vérifier si la chatte ne s'y trouve pas. Un homme aussi agile qu'un singe l'a suivi sans bruit. L'individu dégaine son arme et tire deux coups. Tom Potvin s'écroule, une jambe et un bras touchés. Instinctivement, il ramène son bras meurtri sur lui et retient son souffle. L'assassin procède à une rapide inspection. Il repart satisfait : le sang ruisselle sur la poitrine de la victime et elle ne bouge plus. D'un pas vif, l'homme s'enfuit.

Tom ressent une douleur terrible à son bras et sa jambe. Il ouvre les yeux et constate qu'il n'y a plus personne autour. Avec une volonté d'acier, il contracte ses muscles vaillants et trouve l'énergie nécessaire pour atteindre la fenêtre de son sous-sol, la pousser toute grande et se glisser dans l'ouverture.

Lorsque son hôte le découvre, ensanglanté et inconscient, il le croit mort, mais le cœur de Tom tient bon. Il respire. Le pirate australien pose des garrots autour des membres blessés et s'affaire à laver les traces de sang à l'extérieur. Il envoie ensuite un message codé à un ami, spécialisé en soins infirmiers. Par chance, la personne est disponible. Quand Tom Potvin retrouve ses esprits, il est allongé sur une sorte de civière, des bandages couvrent sa jambe et son bras. Deux hommes parlementent près de lui. Il est question d'heure de départ et de bateau.

– Vous partez en voyage ? demande-t-il faiblement.

– Toi, tu pars ! répond son hôte.

– Où ça ?

– Loin ! Plus question d'être mêlé à tes *craques.* Si quelqu'un veut t'abattre, c'est que tu as risqué un sale coup. Pas notre style.

– Où m'expédiez-vous ? reprend Tom.

– Bombay, tu connais ? chuchote l'infirmier.

– Non.

– C'est en Inde. Une très grande ville. Beaucoup de monde, beaucoup d'action. Je t'ai fait une piqûre. Chanceux ! tu ne vas pas mourir ! Tais-toi, maintenant. Un autre gars doit changer d'air lui aussi ; il t'accompagnera sur le cargo. Dès la noirceur tombée, on déguerpit.

L'esprit à demi égaré dans les vapeurs de morphine, Tom ferme les yeux. Il revoit sa mère, une immigrante du Pérou, son père québécois qui les a abandonnés. Il pense au dur labeur que sa mère a accompli en frottant des planchers pour gagner sa vie et celle de son fils. À sa petite enfance sous le signe de la misère. Il s'était juré de s'en sortir rapidement. Qu'en est-il maintenant ? Il a causé des torts graves au père de Catou, à beaucoup de personnes, et se retrouve plus pauvre que jamais. Comment a-t-il pu dégringoler ainsi et se transformer en criminel « craqueur » de recherches ?

Lorsqu'il ouvre à nouveau les yeux, sa civière bouge. Des sanglots dans la gorge, il regarde désespérément autour de lui. Impossible de fuir, blessé comme il l'est. Il aperçoit vaguement un petit animal gris, tapi sur une chaise. En passant près de lui, il le saisit de son bras vaillant et le fourre sous sa couverture. Ses brancardiers sont trop préoccupés pour lui accorder la moindre attention. Ils doivent le charger discrètement à l'arrière d'un camion rempli de conteneurs destinés à l'étranger.

Quelques heures plus tard, dans la cale d'un cargo noir à destination de Bombay, Tom Potvin flatte les oreilles d'une petite chatte aventureuse. « Cat, mon amour, adieu ! »

Mauvaise gueule

L E LONG DU PARC, Alex marche vers un but précis : la clinique *Moustaches et belles gueules*. Il veut absolument revoir Marie-Jo. En proie à une colère bleue, il marche rapidement. La situation dépasse les bornes. Il n'en peut plus. Son père, son chien, attaqués par le même individu, Tom Potvin, *chum* de sa sœur. Catou ne lui a fourni aucune excuse et elle persiste à s'évader. Comme si elle se fichait de lui et de la famille en entier ! Disparue hier soir avec la Buick, en plus. « Dégueu… » glisse-il entre ses dents. Au bout de dix minutes, Alex arrive devant la clinique vétérinaire, tendu comme un élastique.

Une fois entré, il reste debout à l'écart, malheureux, regrettant sa démarche. Pourquoi Marie-Jo voudrait-elle d'un gars comme lui ? Ne va-t-elle pas se moquer de sa tête, ne rien comprendre à son désespoir ? Peut-être qu'elle ne lui adressera même plus la parole. Cette fille travaille sérieusement. Les bohèmes, les décrocheurs, n'entrent sûrement pas dans sa catégorie préférée.

Marie-Jo l'aperçoit en venant chercher un chien blessé et son propriétaire. Elle lui lance au passage :

– Salut ! Tu tombes bien. Le mercredi, je finis à onze heures. Comment va Tarzan ?

– De mieux en mieux.

– Tu m'attends ?

Alex n'était là que dans l'espoir d'un moment semblable. Il souffle un « oui » maladroit. En vérité, le temps lui importe peu. Assis de travers sur un banc, il regarde distraitement le va-et-vient des clients et de leurs animaux. L'ambiance de la clinique lui rappelle le soir de malheur où son chien était à moitié mort. Les derniers jours et les dernières nuits se remettent à défiler dans son esprit. Comme dans un film. Le film de la destruction de sa famille. De son honneur aussi. Incapable de contrôler ses visions, Alex se lève et marche de long en large. Ses pensées, l'odeur et le décor animalier viennent à bout de sa résistance. La clinique lui tape sur le système digestif en entier, lui donne franchement mauvaise gueule. Il sort et arpente le trottoir, juste devant.

Une heure plus tard, Marie-Jo revient dans la pièce d'accueil. Il l'entrevoit par la porte vitrée. La tigresse des premiers jours s'est changée en nymphe. Une nymphe au débardeur jaune sur lequel flotte un chemisier mauve. Alex la regarde évoluer comme dans un rêve, immobile devant la porte, incapable de bouger. La forme légère s'éloigne. Alex frissonne. Son rêve s'est-il évanoui pour toujours ? Tout d'un coup, la nymphe réapparaît dans son champ de vision. Un instant après, elle se trouve devant lui.

Marie-Jo a poussé la porte et s'étonne de le trouver dehors.

– J'avais peur que tu sois parti. On dirait que tu as des embêtements. Ce n'est pas trop grave ?

– Plutôt. Mais je veux tout oublier. Ça te dirait de te promener un peu ? J'ai besoin d'air !

– Oui, mais pas autour d'ici. J'ai la voiture de ma mère. As-tu une idée ?

– Le parc en face de chez moi.

– Ça me va. Je pourrai peut-être saluer Tarzan.

– J'espère que tu t'intéresses aussi aux personnes...

La jeune fille se contente de le regarder de côté en souriant. Étonné qu'elle ait si facilement accepté de l'accompagner, Alex s'installe à ses côtés dans la voiture. Le charme naturel de Marie-Jo le séduit et l'inquiète. Ne va-t-elle pas le plaquer au prochain coin de rue ? D'habitude, ses relations avec les filles ne font pas long feu.

Quand elle stationne enfin la voiture près du parc, Alex ne peut résister à l'envie de l'inviter chez lui. Cette fille joyeuse et simple lui donne un coup de cœur brûlant. Il a soudainement envie de la serrer dans ses bras... et même plus.

Tarzan, lui, fait la fête aux deux jeunes gens sans arrière-pensée. Quand il aperçoit son maître entraîner sa nouvelle amie sur le divan du salon, il se couche sagement à leurs pieds. Mais Marie-Jo proteste. Ce garçon un peu sauvage lui plaît, mais elle ne s'attendait pas à un tel élan de passion. Alex insiste. Il a déjà exploré le débardeur de la jeune fille lorsque la sonnerie du téléphone le fait se figer, puis courir à toute vitesse. Un interurbain ! Si c'était sa mère ?

L'appel vient effectivement du Yukon où sa mère a enfin pris connaissance du drame. Elle promet à son fils de sauter à bord du premier avion disponible. Elle lui parle longuement de son inquiétude pour lui, de chalet, de détente, d'amour pour ses enfants. Le temps a été très mauvais, l'expédition plus dangereuse que prévu. Son système info est tombé en panne dès les premiers jours. Une bouffée de tendresse passe dans sa voix, ses paroles, et vient réconforter Alex malgré la distance. Il n'est plus seul avec sa douleur. Sa mère l'aime et s'en vient auprès de lui. Rasséréné, il rejoint Marie-Jo, honteux de l'avoir bousculée.

— Excuse ! J'étais sous stress. Ma famille est en train d'éclater.

— J'ai compris que tu allais mal ; j'aurais préféré qu'on jase.

— J'ai peut-être tout gâché.

— Quel âge as-tu ?

— Seize, mais on m'en donne toujours plus. Toi ?

— Dix-sept, mais on m'en donne toujours moins ! C'est à toi la guitare ?

Alex se met à jouer. Il joue longtemps, des mélodies populaires, un air classique, des improvisations. Ses émotions coulent entre ses doigts. La musique et la présence de Marie-Jo libèrent la tension qui l'étouffait.

– Je n'ai jamais entendu personne jouer aussi bien de la guitare ! s'exclame Marie-Jo, comme le dernier accord s'éteint. Tu prends des leçons ?

– Tu sais, les études et puis moi…

– Je suis convaincue que tu as beaucoup de talent. Tu devrais rencontrer un de mes cousins, un musicien connu. Il joue dans un orchestre et enseigne la musique. Il aurait peut-être des idées à te suggérer.

– Ça ferait une révolution dans la famille si je me lançais dans la musique ! Seule la science compte par ici. Étant donné que je viens de perdre mon emploi d'été, le désastre est déjà complet.

– Comment ça, tu as perdu ton emploi ?

– La nuit dernière, j'ai laissé des souris blanches jouer par terre dans un labo.

Rires de Marie-Jo.

– Tu trouves ça drôle, toi ? dit Alex en la prenant par la taille. Évidemment, une future vétérinaire…

– On va se promener ? Raconte-moi tout, je t'en prie.

– Parfait !

Opération « pêche en ville »

KIM VOLLANT saute dans sa voiture. Un autre agent l'accompagne, car la mission est délicate. En faisant glisser entre ses doigts la petite carte trouvée dans la chemise de Tchang, la jeune femme a compris qu'un important fil du réseau d'espionnage tenait toujours. Peut-être le fil conducteur. Le numéro de téléphone au verso de la carte ne lui est pas inconnu. Elle a déjà communiqué avec ce numéro tout récemment. Le lien entre ce numéro et le magasin d'articles informatiques et papeterie la préoccupe, de même que la vraie nature des transactions que Tchang effectuait à cet établissement.

Kim Vollant prie son collègue de lui trouver au plus vite le nom du propriétaire. La recherche, effectuée aussitôt par téléphone, révèle qu'un nommé Gaudreau en serait propriétaire.

– Gaudreau ? interroge l'agente. Je crains d'en avoir déjà entendu parler. Demande au bureau de chercher son adresse personnelle, ses antécédents, ses différents liens de parenté.

— Piste généalogique ?

— Pas tout à fait. Sa conjointe, par exemple. Dis-leur que ça presse.

Le cellulaire de Kim Vollant déclenche une sonnerie aiguë. Au bout du fil, Patrick Lagacé, de la GRC, la remercie du « cadeau » reçu et la prévient qu'il n'était pas tout à fait surpris de son contenu. L'agente comprend que la disquette envoyée par Tom à sa propre adresse était peut-être une copie de celle du professeur Lambert. L'officier ajoute que le bureau de Vic Cramer est placé sous écoute électronique et l'homme, suivi pas à pas. Quant au directeur de la galerie, John Bird, la tête dirigeante du complot, il a été repéré à l'aéroport de Toronto, un billet pour Hong Kong en main. Des policiers doivent lui mettre la main au collet dans les minutes à venir.

— Merci infiniment, Lagacé. Je vous tiens au courant.

— J'envoie d'autres gendarmes pour vous couvrir.

Kim Vollant accélère, double quelques voitures avant de s'immobiliser dans le stationnement arrière de l'entreprise commerciale. Le collègue à ses côtés confirme ses craintes. Le bureau a terminé sa recherche : Gaudreau demeure à Hull, fréquente les bars et le casino ; il a déjà été arrêté pour fraude importante. Signalement particulier : cicatrice blanche à la lèvre supérieure. L'homme n'a pas de conjointe déclarée.

– J'en connais une ! clame l'agente de la GRC en ouvrant la portière. Je lui ai même parlé dernièrement.

L'individu au comptoir du magasin semble s'étonner lorsqu'une femme à costume marine demande à rencontrer le propriétaire.

– Il est parti en voyage la semaine dernière.

– Sa Chevrolet grise est pourtant dans la cour en arrière.

– Il me l'a confiée, Madame.

– Permettez que l'on vérifie vos locaux. POLICE ! Monsieur Gaudreau.

L'homme n'offre aucune résistance et se laisse fouiller par les gendarmes sans protester. Au moment où Kim Vollant s'approche du bureau à l'arrière du comptoir, des claquements de talons retentissent suivis d'un coup de feu, un coup maladroit qui n'atteint pas sa cible. La balle se perd sur le plancher. La jeune agente s'écrie avec aplomb :

– Hughette Poisson, laissez tomber votre arme ! Le magasin est entouré par la GRC. Si vous me descendez, vous aurez un crime de plus sur la conscience. Vous avez trahi votre patron, le professeur Lambert. Vous avez mis des espions sur la piste de thérapies géniques extraordinaires ; vous leur avez même communiqué la liste des personnes traitées à l'Institut. Voulez-vous être jugée pour assassinat ?

Ces paroles déclenchent une crise d'hystérie chez la femme. Elle lance son arme en criant et en hurlant. Un second coup de feu perce une vitre qui vole en éclats. Une escouade de la GRC arrive aussitôt, armes au poing.

— Ça va, maintenant, dit Kim Vollant en passant les menottes à la secrétaire du professeur Lambert. Je vous confie ce couple d'amants secrets. Vous saurez bien vous en occuper.

— Vous nous quittez ?

— Je dois rendre une visite et vous avez mon entière confiance pour la suite de l'opération. Vous demanderez à votre patron Lagacé de communiquer avec moi. J'aimerais être certaine que le coup de filet est complet.

Brassage de cellules

— **P**ROFESSEUR LAMBERT, vous êtes libéré ! annonce un agent au savant chercheur de l'Institut national de génétique.

— Enfin ! Il me faut poursuivre les recherches de toute urgence. Et le congrès international qui approche…

Jérôme Lambert se demande ce qui a pu amener la GRC à changer d'avis à son sujet, mais il ne veut perdre aucun temps à discourir. Son avocat finira bien par le renseigner et entreprendre des procédures, s'il y a lieu. L'important, c'est qu'il soit libre et qu'il puisse de nouveau agir.

— J'aimerais téléphoner à ma secrétaire. Je dois remettre mes dossiers à jour au plus tôt.

— Désolé, professeur, madame Poisson vient d'être arrêtée pour complicité dans cette affaire.

— Hughette Poisson ? Vous en êtes certain ?

– Tout à fait.

– Une personne si efficace…

Jérôme Lambert s'éponge le front. Les neurones de son cerveau viennent de recevoir une décharge électrique majeure. Sa pression artérielle fait un bond. Il devient rouge, puis pâle comme le mur de sa cellule.

– Ma secrétaire, murmure-t-il. Ma fidèle secrétaire depuis cinq ans.

– Voulez-vous un verre d'eau, professeur ?

– Non merci, ça va. La vie nous réserve des surprises amères. Est-ce que je peux quitter maintenant ?

– Professeur, nous irons vous conduire où vous désirez. Permettez cependant que je vous remette un document informatique particulier. Nous avons reçu une disquette étrange, qui renferme des données qui semblent se rapporter à vos recherches. Nous n'avons malheureusement pas la compétence d'en juger. Je vous demanderais donc la faveur d'identifier le contenu de cette disquette.

– Une disquette ?

Le professeur Lambert s'empresse de suivre l'agent qui le conduit dans un bureau où se trouve un officier inconnu, posté à côté d'un ordinateur déjà allumé.

– Permettez que je me présente, professeur. Patrick Lagacé, coordonnateur des services d'enquête. Je suis désolé pour votre arrestation. Vous étiez cependant plus en sécurité à l'écart de votre laboratoire. Depuis cinq ans, l'Institut est sous surveillance pour fuites diverses. Sous le règne de mon collègue Cramer, l'enquête a cependant pris un virage audacieux et très effacé.

– Vous voulez dire ?

– Rien de précis pour l'instant. Monsieur Cramer fait l'objet d'une enquête. Je vous invite à examiner cette disquette.

Jérôme Lambert ne reconnaît aucun étiquetage familier sur la disquette, mais aussitôt qu'il l'enfonce dans l'ordinateur et accède aux différents fichiers, des larmes lui coulent des yeux.

– Une copie… les données de la phase finale de mes recherches… Extraordinaire ! Qui vous a remis ce document ?

– Tom Potvin l'a expédié à sa propre adresse. Il devait se sentir traqué. Un geste naïf de sa part pour tenter de garder le contrôle, sans doute. Lancés sur la piste de la copie, les escrocs n'ont pas réussi à se l'approprier à New York. Apparemment, ils ont reçu l'information trop tard. Un jeune préposé de magasin, responsable de l'envoi, était introuvable et l'est encore. Cela vaut mieux pour sa peau.

– Et l'original ?

– Il faudrait interroger Tom Potvin lui-même ! Chose certaine, la disquette ne semble pas entre les mains d'espions, John Bird inclus.

– John Bird ? Mais c'est un ami de mon assistante ! Je vous en prie.

– Je regrette profondément, professeur. Actionnaire principal des laboratoires *Ying Labs,* monsieur Bird semble posséder un sens aigu des affaires. Ses liens étroits avec une certaine mafia chinoise à New York et Hong Kong l'ont servi dans plusieurs domaines. En fait, ses galeries d'art ne sont peut-être qu'une couverture ou, à tout le moins, un loisir bien organisé. La police vient de l'arrêter à Toronto.

— Infect !

— Le conjoint de votre secrétaire, un joueur téméraire au casino, détenait aussi des parts dans cette compagnie.

— Madame Poisson vit seule.

— Sauf quand elle partage l'appartement d'un voisin.

— Misérable ! s'exclame le professeur en se remémorant les confidences de sa secrétaire sur sa solitude.

— Vous êtes libre de partir, professeur. La disquette vous appartient et un agent ira vous déposer où bon vous semble.

— J'aimerais passer d'abord à l'Hôpital général où repose euh... mon assistante, et ensuite chez moi.

— À votre service !

La truite saumonée

Dans l'ancien studio de Tom Potvin, deux agents de la GRC rejoignent Catou.

– Le cas est complexe, excuse-nous de t'avoir fait attendre.

– Je pourrais m'en aller toute seule.

– Ce serait téméraire. D'autres suspects circulent peut-être dans la capitale. Viens, on t'offre le taxi !

En montant dans la voiture, Catou se souvient des paroles de son père concernant la prudence à observer et la détermination de ses adversaires. Un réseau de bandits a trafiqué pour obtenir des données scientifiques. Ces Chinois qu'on vient d'arrêter en étaient. Tom s'est laissé manipuler. Pourquoi donc ? La réponse lui paraît maintenant claire comme le jour : des dettes ! Tom devait être coincé entre des dettes de jeu et la poursuite des opérations de piratage. Il lui empruntait de l'argent, qu'elle ne revoyait jamais. Le jeu, une maladie en soi ! Elle n'a pas su la détecter. Malheureux Tom ! Catou veut l'oublier, le chasser à tout jamais de sa mémoire. L'image de Meg Blanchard alitée, luttant pour sa vie, lui insuffle de l'énergie. Elle aussi, reprendra le combat pour son avenir. En dépit de ce drame.

— Te voilà rendue, dit un des agents. Par mesure de sécurité, nous allons entrer avec toi.

Mis à part Tarzan, qui joue son rôle de gardien avec le sérieux attendu, rien ne bouge dans la maison. Les agents prennent congé de la jeune fille et repartent sans lui fournir de détails concernant l'évolution de l'enquête. Le chien s'approche de Catou, qui lui caresse la tête.

— Pauvre Tarzan ! Tu as bien failli y passer. On s'est fait avoir tous les deux. J'avais trop confiance, et puis je l'aimais…

Catou réfléchit, assise sur le tapis, les bras autour du cou de Tarzan. Elle ne bouge pas quand Alex entre en sifflotant. Son moral à lui a grimpé de plusieurs crans avec l'affection naissante de Marie-Jo et sa promesse de le revoir en fin de semaine. Quand il découvre sa sœur, Alex est certain qu'elle va s'éclipser à la seconde. Mais Catou marche vers son frère.

— Je regrette pour le chien, pour le père, pour toi aussi ! J'ai attrapé un coup dur, excuse-moi de t'avoir négligé.

Mal à l'aise, Alex ne sait comment réagir. Il lui offre bêtement de partager un *popsicle* !

Surpris du succès de sa proposition, il en échappe le quart par terre.

— Je n'aurais pas voulu que tu sois emmerdé à cause de moi, reprend Catou. Ni personne d'ailleurs.

— Tu t'es fait organiser, le père aussi. Puis, le vrai maudit espion se cache encore. À propos, je t'ai entendu dire que Meg Blanchard avait crié le nom de « Bird ». Au vernissage, un monsieur se tenait avec elle et l'agent de la GRC qui a arrêté Jérôme. Ça me donne une foutue impression. Si c'était l'oiseau en question ?

— Ça reste à voir. Ce matin, la police a arrêté deux Chinois dans l'immeuble de Tom dont un nommé Tchang qui possédait deux passeports.

— Bon débarras ! Deux bandits d'éliminés. Autre chose de nouveau : m'man s'en vient !

— Pour de bon ?

— Aucun détail. J'espère qu'elle viendra au chalet avec nous.

— Ne compte pas sur moi pour le chalet, je resterai en ville avec Jérôme, et puis j'attends...

La sonnette de la porte d'entrée interrompt Catou qui s'élance avec le chien. L'agente Kim Vollant, ses lunettes à contour mauve sur le bout du nez, entre avec un sourire épanoui. Catou s'écrie :

— La disquette ?

— La disquette était une copie authentique. Ton père est aux oiseaux. D'ailleurs, il a été relâché.

— Merci, oh ! merci madame l'agente !

— Où est-il, le père ? demande Alex qui a suivi sa sœur. Quelle disquette ?

– Une disquette fantôme, identique à celle du coffre-fort, répond l'agente, laissant à Catou le soin de fournir les explications à son frère. Le professeur Lambert est déjà à l'œuvre.

– Donc, je pourrai partir à la pêche quand ma mère arrivera, dit Alex.

– La pêche ? reprend Kim Vollant. J'en arrive ! Nous avons arrêté Hughette Poisson, la secrétaire du laboratoire. C'est probablement elle qui a vendu la mèche quant à la nature des traitements prodigués par votre père, avec liste de personnes à l'appui. Sans doute a-t-elle aussi fourni des spécimens d'écriture à des experts en calligraphie.

– La « truite saumonée » ! s'exclame Alex. J'ai vu une liste de noms dans son tiroir, mais je n'aurais jamais pensé qu'elle l'avait transmise à des bandits. Ted m'avait pourtant dit qu'elle jouait au Black Jack…

– Et ce n'est pas tout, continue l'agente en leur apprenant l'arrestation du directeur de la galerie et ses liens avec la mafia chinoise. Le chef du réseau d'espionnage, ajoute-t-elle, c'était cet homme appelé John Bird.

– L'espion du 307, poursuit Alex. Je me doutais que le bonhomme de la galerie d'art avait joué un rôle dans le complot. J'imagine que son ami de la GRC, celui qui a arrêté mon père, était aussi dans le coup.

– Tu as du flair. Maintenant, je dois vous quitter, j'ai un avion à attraper.

– Déjà ? s'étonne Catou.

– J'ai un besoin urgent de réglisses françaises !

Alex la relance aussitôt.

– Moi aussi, je suis en manque. D'ici une semaine, je veux manger de vraies truites saumonées !

Dix jours plus tard...

S UR L'ÉCRAN de l'ordinateur, Catou vient de découvrir un message étrange, non signé.

> Cat, mon amour. Je t'ai fait du mal. Pardonne-moi. Je souffre autant que toi. Si je réussis à m'en tirer, je te promets de changer de vie. Plus tard, je ferai le tour de la planète pour te retrouver. En attendant, va au studio vérifier le courrier. Je t'aime.

Elle s'empresse de l'effacer. Leur adresse électronique demeure sous surveillance. Tant pis pour son correspondant. Malgré tout, une parcelle d'étoile filante se greffe au coin de son cœur : Tom l'aimait.

Au large d'un autre continent, un ouragan soulève d'énormes vagues sur l'océan Indien. Un cargo noir coule. Aucun secours en vue. L'eau envahit la cale. Deux passagers clandestins et une chatte grise sont submergés. Leurs rêves s'envolent dans un autre univers pendant que les vagues envahissent le vieux cargo.

Devant un stand du métro parisien, une agente de la GRC en vacances achète une dizaine de petites boîtes de métal laissant passer des mini-réglisses une à une. Les yeux débarrassés de ses grosses lunettes, les cheveux sur les épaules, la jeune femme blonde compte soigneusement sa monnaie avant de se diriger vers le quai. Direction : gare de Lyon, puis, Antibes, côte d'Azur.

En Amérique, dans un quartier populaire de New York, un petit garçon noir joue obstinément dans une bouche d'égout avec un bâton. Son papa a perdu sa jambe ; lui, il a perdu un drôle de bateau. S'il retrouvait son bateau, peut-être son papa retrouverait-il aussi sa jambe. L'enfant chantonne en brassant l'eau usée qui s'écoule.

Au sous-sol de sa maison à Hull, un savant généticien écrit à son fils.

Cher Alex, je suis navré que tu aies perdu ton emploi d'été. Au fond, c'est ma faute. J'étais en prison et tu t'inquiétais. On commençait à peine à devenir amis. J'aurais dû te parler davantage avant cet été pour mieux connaître tes goûts et tes talents. Ces jours de réflexion en cellule m'ont permis de voir la situation sous un jour différent. Je devine que tu as eu un choc en apprenant mon affection pour Meg Blanchard. Je t'en prie, ne méprise pas cette femme. De mon côté, je respecte l'orientation que tu prendras pour l'avenir. Quand tu voudras, fais-moi signe, on ira manger ensemble tous les deux (menu à ton choix).

Ton père qui t'aime, Jérôme.

De la véranda de leur chalet, un gars haut sur jambes et sa mère admirent le soleil couchant. Un chien, mi-colley, mi-labrador, vient s'étendre près d'eux. Plus bas, la surface fluide du lac se mêle aux lueurs rosées du ciel. La douceur de la fin du jour apaise les dernières angoisses d'Alex. Il tire quelques accords de sa guitare et se met ensuite à parler.

— M'man ! Je crois que j'ai trouvé ma destinée.

— Bravo ! Tu vas finir ton secondaire ?

— Non. Euh... peut-être. Je m'inscris dans une école de musique. Une super école, pas le genre boîte d'études. Un programme avec la musique au centre de tout.

— Qui t'a donné cette idée-là ?

— Une personne qui a le sens de l'orientation : la preuve, elle a trouvé son chemin jusqu'ici. Écoute, une voiture vient d'arriver. Tarzan est déjà en alerte.

— De la visite ?

— Marie-Jo ! Ajoute un couvert pour demain matin, m'man.

Table

Collection « Ado »

PAO : Éditions Vents d'Ouest (1993) inc., Hull

Achevé d'imprimer en septembre
deux mille un

Imprimé au Canada

AGMV Marquis

MEMBRE DE SCABRINI MEDIA

Québec, Canada
2001